진보적 노인

나는 58년 개띠
'끝난 사람'이 아니다

진보적 노인

이필재 지음

몽스북
mons

치열하게 인생 1막을 산 당신에게

목차

2

나는 58년 개띠, 진보적 노인은 소수자다

3

현역으로, 신발을 신은 채 죽고 싶다

4

꼰대지만 진보를 꿈꾼다

추천사

『진보적 노인』이라는 제목을 보면서 아주 오랜만에 책 첫 장을 넘길 때 손이 떨리는 경험을 했다. 도대체 무슨 내용일까? 생활인으로 인생 1막을 마감하고, 은퇴 후 감성을 회복하고, 아흔을 바라보는 아버지와 합치면서 자가에서 전세로 옮기게 된 현실의 얘기들이 짧은 에세이에 매우 감각적으로 농축돼 있다. 그 변화의 얘기가 영화 〈리틀 포레스트〉의 '진보 노인 버전'을 보는 것 같았다. 늙어서 세상을 다시 만나게 되는 또 다른 성장기, 손 떨림은 마지막 페이지를 닫을 때까지 계속되었다. 마음이 풋풋해졌다. 100세 시대, 노인이 진보해야 한국 사회가 좋아진다는 생각을 처음 하게 되었다.

— 우석훈, 『88만원 세대』 저자

이필재 선생의 글은 항상 정갈하다. 그런데 이번 책은 달다. 딱딱하던 쌀이 밥이 되고 삭아서 식혜가 된 느낌이다. 나는 평소에 늙어가는 것도, 죽는 것도 두려움 없이 즐겁게 받아들일 자세가 되어 있다고 항상 호언을 했다. 그런데 나보다 몇 년 앞선 인생 선배가 쓴 이 책을 읽고 나니 증명서를 하나 얻은 느낌이다. 이제 새로운 꿈이 하나 생겼다. 내 마지막 꿈은 호상이다.

— 김승호, 『돈의 속성』 저자

40여 년을 지켜보며 그의 까칠함은 언제 무뎌질까 궁금했는데, 다시 본색을 드러내는 이 책을 보며 저자의 한결같음에 찬사를 보내게 된다. 저자는 자신이 살아온 삶의 여러 경험을 돌아보고 그동안 인터뷰를 통해 접한 다양한 인물의 모습을 전하면서 어떻게 나이 들 것인가에 대해 치열하게 고민한 결론을 진지하면서도 유머러스하게 이야기하고 있다. 다음 세대에 더 나은 세상을 물려주기 위해서는 나이가 들면서 우리 모두 더욱 진보적이 되어야 한다는 그의 주장에 나는 전적으로 동의한다. 편견과 고집을 깨고 '방탕중년'이 되자는 그의 꼬드김에는 마음이 설레기까지 한다. 앞으로도 오래 지켜봐야겠지만, 아마 그는 본인의 소원대로 현장에서 신발을 신은 채 죽을 것이기에 세상에 대한 더욱 활발한 지적질(?)을 기대한다.

— 유진룡, 전 문화체육관광부 장관

언론인으로 은퇴 후 8년이 지난 지금도 기사 쓰기 강연을 하며 인터뷰 전문 프리랜서로 촌철살인 글쓰기를 계속하고 있는 저자. 그의 SNS를 보면 어법과 문법에 맞지 않는 안내문과 간판들 사진이 올라와 있고, 왜 틀렸는지 조목조목 밝히고 있다. 그와 비슷한 직업병을 가진 나는 그의 이런 지적질이 통쾌하기 짝이 없다.

그가 자신의 이야기를 쓴 책을 낼 예정이라며 완성된 원고를 보내주었다. 한 마디 덧붙인다.

"다 안 읽으셔도 됩니다." 진짜 독특하시다.

2년 전, 나답게 나이 먹는 일에 관한 책을 낸 바 있는 나는, 내 또래 남성은 나이 듦에 대해 책에서 무어라 이야기하는지 극심한 호기심이 발동했다. 『진보적 노인』이라! 다 안 읽어도 된다는 데도 눈을 뗄 수 없이 재미가 있다.

드라마 보며 눈물 흘리는 남자, 빨래를 도맡아 하는 남자, 딸을 위해서 평등한 미래 사회를 꿈꾸는 남자라니. 흥미로운 관심으로 읽기 시작했다가 점차 가슴 한편이 묵직해 오기 시작했다. 58년 개띠, 77학번, 언론계. 너무나 비슷한 환경 저편에서 동시대를 살아온 한 사람이 겪은 역사적·사회적 이야기가 간단치 않았기 때문이다. 세상은 저절로 좋아지지도, 스스로 진화하지도 않으므로 다음 세대에게 더 나은 세상을 물려주기 위해 노인이 되어서도 포기하지 말아야 할 것들을 이야기한다.

잘 다듬어진 고퀄리티 신문 칼럼을 보는 것처럼 읽는 맛 또한 통쾌하다. (『화이부동』, 『아버지 독재자』를 경전처럼 읽었던 기억이 되살아나서일까.)

종이책으로 나오면 맨 먼저 남편에게 권하고, 또래 남자들에게 추천할 생각이다. 그리고 나는 두 번 정도 더 정독할 예정이다. 밑줄을 그으며.

— 신은경, 차의과학대 교수, 전 KBS 앵커

요즘 유행하는 기대 수명 계산법을 돌려보니 나의 수명이 115세로 나온다. 첫 번째 느낌은 당황이었다. 두 번째는 '자식들에게는 알리고 싶지 않다'는 것. 아내에게 말했더니 당신이 그렇게 오래 사느냐고 놀란다. 어쩌란 말인가. 곰곰 생각해 보니 오래 사는 것이 좋은 것만은 아니다. 즐겁고 보람 있게 살고 싶다. 반드시 방법을 찾아야 한다. 저자는 촉이 살아 있는 언론인이며 내공이 깊은 인문학자다. 한 장 한 장 꼼꼼히 읽으며 나도 배우고 싶다.

— 윤은기, 한국협업진흥협회장, 전 중앙공무원교육원장

프롤로그

'끝난 사람'의 2막 무대

정년 퇴임식은 살아생전 치르는 장례식이다. 일본 작가 우치다테 마키코의 소설 『끝난 사람』의 주인공은 정년퇴직 날 이렇게 내뱉는다.

"이건 완전 생전 장례식이구먼."

그의 마지막 퇴근에 맞춰 사원들은 건물 입구에 늘어섰다. 박수가 쏟아졌고, 여직원들이 꽃다발과 선물 가방을 내밀었다. 건물 앞엔 정년 퇴임을 맞은 그에게 회사가 단 하루 제공한 고급 세단이 대기했다. 그가 차에 오르자 직원들이 차를 둘러쌌다. 조문객들이 영구차를 에워싸고 마지막 작별을 하듯. 세단이 출발하자 그가 고개를 돌려 회사 쪽을 바라봤다. 이미 아무도 없었다.

나는 만 쉰다섯 살에 첫 직장인 신문사에서 '생전 장례식'을 치렀다. 많은 후배가 일을 중단하고 퇴임식에 참석했다. 회사가 준 공로패엔 "언제나 열정과 정성으로 더 나은 기사를 쓰려고 고민했다."고 새겨져 있었다. 후배들이 마련한 별도의 패는 사진기자 후배가 찍은 나의 사진을 넣어 내가 종사했던 잡지 표지처럼 만들었다. 거기엔 "우리의 영원한 선배, 항상 그 모습 그대로 영원하길 바랍니다."라고 적혀 있었다. 여덟 명의 선후배가 따로 만들어 준 패엔 이런 과분한 문구가 있다.

"무엇보다 자본·권력과 타협하지 않겠다는 외곬 정신으로 '이코노미스트 100일 편집장'이라는 진기록을 세우기도 했습니다. 그리고 흰 머리칼 휘날리고 백만 불짜리 미소 머금으며 다시 현장으로 달려가 경영전문기자로 활약, '큰 울림' 있는 메시지를 전달해 선후배·동료들의 가슴에 '이필재는 천생 기자'라는 팩트를 남겼습니다."

'끝난 사람'으로서 생전 장례를 당하고 나니 두렵고 막막했다. 그 무렵 엉겁결에 찍힌 동영상에서 나는 "은퇴가 아니라 인생 1막 무대에서 내려와 2막 전 막간에 휴식과 충전을 하고 있다."고 말했다.

그로부터 7년여. 나는 1막 무대에서 '배운 도둑질'을 한다.

돌이켜보면 그때 다시 현장으로 돌아갔기에 가능했다는 생각이다. 책을 썼고, 강의를 병행했기에 대학에 몸담은 친구들도 떠날 채비를 하는 나이에 여전히 후진과 후학을 가르친다.

조직을 벗어나니 자기 검열에서 자유로워졌고 생각이 유연해졌다. 길어진 여생을 기득권에 매이지 않고 진보적으로 살아야겠다는 결심도 하게 됐다. 평생 종사했던 언론도 균형 잡힌 시각으로 바라보게 됐다.

노년은 '개와 늑대의 시간'인지도 모른다. 낮이 밤으로 바뀌는 어스름한 황혼뿐 아니라 인생의 황혼기엔 눈앞의 짐승이 친숙한 개인지, 어쩌면 나를 해치려는 늑대인지 제대로 알기 어렵다. 나는 언젠가 자식들이 안겨줄지도 모를 나의 손주들이 살아갈 세상을 기준으로 삼기로 했다. 남의 손주면 어떤가?

성장의 신화가 필연적으로 초래한 기후 위기는 지구의 지속가능성을 위협하고 있다. 부동산 광풍은 자식들을 루저 세대로 만들었다. 갈수록 깊어지는 불평등을 방치했다가는 세습사회로 돌아갈 수밖에 없다.

몽스북 안지선 대표가 '진보적 노인'으로 살아가는 이야기를 써보라고 부추겼다. 처음으로 내 이야기를 책으로 썼다. 이렇게 사노라면, 어쩌면 꿈꾸는 대로 현역으로 '신발을 신은 채 죽을 수' 있을지도 모르겠다.

1

차별이 익숙한 세상에서 살았다

시니어는 원로가 아니다

오래전 어느 식당에 갔을 때의 일이다. 옆 테이블의 노인 두 사람이 마주 앉아 갑론을박을 하는데 인터넷 검색 한 번 하면 평정될 다툼이었다. 얼마 전 지인들과의 저녁 모임에선 철새 정치인의 표상이라고 할 이인제의 출신 학교 이야기가 나왔다. 기억이 서로 달라 결국 종결자 네이버에게 판정을 받았다.

"한양에 안 가본 사람이 갔다 온 사람을 이긴다."는 옛말이 있다. 한양 출신의 판정관이 없던 고을의 이야기일 것이다. "아무리 임금이 살아도 그렇지, 경복궁이 그렇게 클 리 없다."고 하면 한양 못 가본 다수가 고개를 주억거렸을 것이다. 이 도령 따라 한양에 다녀온 방자조차 결국 찌그러질 수밖에 없었을 터다.

과거엔 시비를 하다가도 "신문에 그렇게 났어." 하면 판이 정리됐다. 신문이 유일한 플랫폼이던 시절의 일이다. 신문들이 네이버에 기사를 헐값에 벌크로 넘긴 후 네이버가 그 자리를 차지했다. 이제 해당 기사가 어느 신문에 났는지는 기자들만 관심이 있다.

얼마 전부터 휴대폰이 "오전 10시입니다." 식으로 매시 시보를 했다. 새벽에 "오전 2시입니다." 소리에 벌떡 일어나기도 했다. 끄는 방법을 몰랐다. 나보다 기계에 밝은 아내에게 물었지만 해결이 안 됐다. 우리 집의 기술 이사였던, 독립한 딸과의 톡방에 "기술 이사 직무 대행인 엄마도 모른다."고 한 줄 올렸다. "폰을 직접 봐야 알 거 같다."던 딸이 '갤럭시 정각 알림 해제 이렇게 해봐요'란 네이버 블로그 화면을 캡처해 톡방에 올렸다. 그리고 이렇게 덧붙였다.

"지성인의 기본 예의: 네이버·유튜브에서 검색해 보고 안 나오면 물어본다. ㅋㅋㅋ 현대 한국에서 모르는 건 죄 아니지만 네이버·유튜브 검색도 안 해보는 것은 죄다. 그들이 자녀보다 똑똑하고 친절할 것이다."

밀레니얼 세대다운 충고이다.

나는 네이버를 백과사전으로만 썼지 문제 해결을 위한 집단 지성의 보고로 인식하지 못했다. 유튜버이기도 한 딸은 "60대들이여, 네이버와 유튜브를 가까이하라."는 가르침으로 지적질을 마무리했다.

주변에 시니어 유튜버가 더러 있다. 코로나19로 강의가 멈춘 한 유학파 선배는 강의를 쉬는 동안 유튜브에 탐닉한 끝에 'BTS와 코비드19'란 주제의 강의 콘텐츠를 개발했다. 유튜브하는 전직 대법관도 있다.

2019년 만화책『아름다운 시대 라 벨르 에뽀끄』를 펴낸 신일용 만화가는 삼성 출신으로 효성그룹 계열사 갤럭시아커뮤니케이션즈 대표를 지냈다. 나와의 인터뷰에서 그는 "인생 2막을 아마추어 만화가로 살겠다."고 말했다. 베이비 부머는 혜택 받은 세대로서 봉사하며 살아야 한다는 그는 젊은 세대를 자기 자신만큼 존중해야 한다고 주장했다. 그는 또 은퇴 후엔 한겨울 나목이 보여주는 벌거벗은 힘, 벌거벗은 자의 아름다움으로 살아가야 한다고 말했다.

그가 말한 벌거벗은 힘naked strength은 영국의 계관 시인 앨프레드 테니슨의 시「떡갈나무」에서 인용한 것이다.

"그대 삶을 살아라.

젊었든 늙었든, 저기 저 떡갈나무같이.

마침내 나뭇잎이 모두 떨어지면 보라.

나무가 서 있는 줄기와 가지의 벌거벗은 힘을."

베이비 부머는 이제 대부분 시니어이다. 이 시대 시니어는 그저 연장자일 뿐이다. 지혜로운 원로가 아니다. 『패션전문자료사전』은 시니어를 '생활 연령 기준 40~50세 넘은 어르신'이라고 풀이한다. 우리 사회가 오늘의 모습을 갖추는 데 나름 공헌했지만 현역 시절 세운 공은 이미 빛이 바랬다. 오랜 세월에 걸쳐 쌓은 경험은 더 이상 유효하지도 않다. 그래서 생긴 박탈감을 광화문 광장에서 분출하는지도 모른다. 원로다운 원로를 본 게 언제인가? 격월간 잡지 녹색평론을 만들어 지난 30년간 "생태학적 위기를 불러온 자본주의, 산업주의 논리를 완전히 극복해야 한다."고 주장한 김종철 선생도 가셨다.

신자유주의 시대의 우리나라는 성장을 향해 폭주하는 기관차였다. 코로나 시대를 맞아 꺾이기 전에도 성장은 더 이상 적실성 있는 대안이 아니었다. 세컨드 라이프엔 개인의 차원에서도 성장이 더 이상 목표가 될 수 없다. 인생 2막은 성장을 통해서는 더 이상 행복해지지 않는다.

나의 아버지는 구순을 바라보는 고령에도 '오늘의 할 일'이 없으면 불안해한다. 앞만 보고 달려온 산업화 세대가 공유하는 성향일 것이다. 한국과학기술단체총연합회 사무총장을 지낸 아버지에게 나는 과학책을 읽으시라고 권했다. 내용이 잘 입력이 안 되면 어떤가?

성공적인 노화successful aging를 위해서는 독서만큼 좋은 취미가 없다는 생각이다. 『나이 듦의 이로움』을 번역한 최원일 광주과학기술원GIST 교수에 따르면 우리나라 노인의 다수가 연간 책 한 권도 읽지 않는다. 우리와 대조적으로 미국 노인은 대부분 취미가 독서라고 한다. 대학생들보다 2~3배 책을 많이 읽는다. 그래서 70대 노인이 대학생보다 작가 이름을 더 많이 안다고 한다.

노화에 대해 연구하는 최 교수는 "책을 많이 읽으면 언어 능력, 인지적 능력이 발달하는데 나이 들어 책을 읽으면 동년배의 독서하지 않는 사람들과 이 격차가 더 크다."고 말했다.

"책을 통해 얻는 간접 경험의 가치는 두말할 나위 없지만, 노인이 소설을 읽으면 소설 속 인물과 상호 작용하면서 본인의 인생을 돌아보게 됩니다."

평생 종이 매체에 종사한 사람으로서 나는 가벼운 활자 중독 증세가 있다. 책을 집어 들면 보통 책 뒤표지의 정가까지 읽는다. 그런데 지금은 일을 하기 위해 필요한 만큼만 책을 읽는다. 종이 책과 거리가 먼 기자 지망생 제자들에게도 발췌독을 권한다.

오래전 세상을 떠난 대학 선배는 1980년대 대학원 시절의 내가 책을 다 못 읽어 스트레스를 받자 이렇게 말했다.

"요즘 누가 책을 처음부터 끝까지 완독하니? 독서는 발췌독이지."

당시 대학원생들은 학교 앞 복사집에 원서를 맡겨 해적판 원서를 만들었다. 표지는 보통 하늘색이었다. 나의 은사 최정호 교수는 원전으로부터 지식을 얻는 건 대학원생의 특권이라고 말했다. 그런데 책 욕심에 해적판 원서를 만들어놓고 읽지 못해 스트레스를 받았었다. 발췌독을 하라는 선배의 충고에 시름을 덜었던 기억이 생생하다.

반퇴(절반의 은퇴) 했지만 별다른 취미가 없는 나에게 언젠가 아내가 완전히 은퇴하면 뭘 할 거냐고 물었다. 나는 평생 읽지 못한 책을 읽을 거라고 했다. 시력이 협조하겠느냐고 아내가 반문했다. 오래전 수정체를 인공물로 대체하는 백내장 수술을 한 덕에 독서엔 문제가 없지 않을까 싶다. 어쩌다 이 이야기를 할 때면 나는 '육백만 불의 사나이'라고 우긴다. 1970년대에 방영된 미국 드라마 〈육백만 불의 사나이〉엔 왼쪽 눈 등을 잃은 후 사이보그 시술 끝에 재탄생한 바이오닉 인간이 등장한다. '육백만 불'은 시술 비용이다. 리 메이저스가 연기한 이 OSI과학정보국 요원의 눈은 20배 줌이 가능하고 열 감지 센서 기능도 있다. 밤에도 잘 볼 수 있다.

아내와 함께 백내장 수술을 받으러 가던 날, 실은 기분이 저조했다. '마흔이 안 돼 노인성 질환을 앓다니…….' 갈 때까지 인공 수정체로 대체한다는 것도 몰랐다. 의사가 어느 거리의 물체를 나안으로 보겠느냐고 물었다. 그날 인공 수정체로 갈아 끼운 덕에 나는 환갑을 넘기고도 나안으로 책을 볼 수 있다. 안 좋아 보이는 일에도 이렇게 좋은 구석이 있다.

나는 완전히 은퇴해 아내와 도서관으로 출근할 꿈을 꾼다. 요즘처럼 하늘이 높으면 제멋대로 퇴근해 빌린 도서관 책을 끼고 동네 공원이나 카페를 찾을 것이다. 의무감 없는 독서는 또 얼마나 자유로운가?

남성도 남성으로 길러진다

나는 영화와 드라마를 보다 걸핏하면 운다. 젊었을 때부터 그랬다. 나의 아이들은 어렸을 때 함께 TV를 보다 아빠가 눈물을 흘리겠다 싶은 장면이 나오면 나를 쳐다봤다. 그러고는 "아빠 또 운다."고 놀려댔다. 요즘은 누군가 흐느끼는 장면만 봐도 눈물이 난다. 대화 도중 갑자기 울컥할 때도 있다. 나이가 들면서 남성 호르몬이 줄어든 탓도 있을 듯싶다. 아내는 현실 세계에선 냉정한 사람이 픽션을 보고 운다고 핀잔을 준다.

"남자는 평생 세 번 운다."는 말이 있다. 막 태어났을 때의 고고지성呱呱之聲, 부모가 세상을 떠났을 때 그리고 나라가 망했을 때. 가부장주의에 중독된 우리나라만 그런 게 아니다. 미국의 한 심리 치료사는 2015년 워싱턴포스트에 실은 칼럼에서 "남자는 울면 안 된다고 남자아이를 다그치는 것이 우울증, 폭음 등 일생에 걸친 문제로 이어질 수 있다."고 주장했다. 눈물이라는 자연스러운 감정 반응이 차단당하면 자신의 감정을 제대로 이해하지 못하고 심지어 이런 감정을 느끼지 않으려 스스로를 억압한 채 성장하기 때문이다. 여성은 여성으로 태어나는 게 아니라 여성으로 길러지듯이 남자도 태어난 후 남자로 길러지는 것이다.

미국의 교육자이자 사회운동가인 토니 포터는 자신의 저서 『맨박스-남자다움에 갇힌 남자들』에서 남성들은 남자다움을 집단적으로 배워왔다고 주장했다. 대다수의 남성이 집단적인 강요를 통해 남자다움의 정의를 인식하고 있다는 것이다. 그는 남자를 둘러싼 이 고정 관념의 틀을 '맨박스'로 규정하고 이를 깨뜨려야 한다고 역설한다.

맨박스는 남자들로 하여금 남자답지 못하다는 공격을 막기 위해 감정의 가드를 한껏 올리게 만든다. 가드를 내리고 감정에 충실했다가는 자신을 제대로 통제하지 못하는 나약한 남자로 받아들여질 수 있기 때문이다.

군 복무를 마치고 대학에 복학했을 때의 일이다. 어느 날 학교 화장실에서 한 앳된 남자와 마주쳤다. 왜소한 체구에 '도리구찌' 모자를 쓴 그의 행색은 어쩐지 게이스러웠다. 그때 내 안에서 올라오는 감정이 있었다. 남자답지 않은 남자를 응징하고픈 폭력에의 유혹, 일종의 폭력성이었다. 지금도 기억이 생생하다. 남자는 여자처럼 굴지 말아야 한다는 생각이 이 유혹의 뿌리였다.

나에겐 두 가지 불안이 있다. 하나는 언젠가 앞을 못 볼지 모른다는 실명 공포이다. 초등학교 5학년 때 처음 안경을 썼다. 안경 쓴 아이가 한 학년에 한두 명이던 시절이다. 어느 날 아버지와 동네 목욕탕에 갔는데 시력 검사표가 벽에 걸려 있었다. 아버지가 한번 읽어보라는데 제대로 읽지 못했다. 처음 쓴 안경은 안경점에서 권한 나비 모양 안경이었다. 여자 안경이라고 놀림을 당했다. 반세기 넘게 안경을 썼고, 나이 마흔에 백내장 수술을 받다 보니 실명할지 모른다는 막연한 공포가 있다. 또 하나는 실직 공포다. 정년퇴직한 지 8년째인데 지금도 일자리를 잃는 꿈을 꾼다. 실직에 대한 두려움은 남자로서 가족을 부양해야 한다는 책임감이 짓누르는 탓이 크다. '평생 벌었으니 인생 2막에 아내와 임무 교대를 할 수도 있지 않을까?' 머리로는 이런 생각을 하지만 입 밖에 내본 적은 없다.

왜곡된 남자다움의 강요는 남자를 무너뜨리는 데 그치지 않는다. 여자에 대한 지나친, 어쩌면 왜곡된 기대로 이어지기 때문이다. 왜곡된 남자다움은 왜곡된 여자다움과 연결돼 있다. 남자로 하여금 왜곡된 여자다움을 학습해 여자에게 부당한 여자다움을 요구하게 만든다. "어디서 여자가" 하는 남자들의 편견은 기질적인 여성다움과도 거리가 멀다. 맨박스는 말하자면 성차별의 온상이다. 남자의 여성 차별 의식은 맨박스의 거울 이미지다.

남자도 때로는 우울할 수 있다. 힘들 땐 힘들어해도 괜찮다. 남자라고 센 척하지 않아도 된다. 무엇보다 남자도 슬프면 눈물을 흘릴 수 있다. 남자가 눈물을 흘리는 건 여자가 그렇듯이 자신의 감정에 충실한 것이다. 신부이자 작가인 헨리 나우웬은 "우리가 사랑하고자 한다면 거기에는 많은 눈물이 있을 것"이라고 썼다. 이 부조리하고 불평등한 시대에 어찌 연민의 눈물을 흘리지 않을 수 있는가?

동성애자의 이웃은 누구인가

김형석 연세대 명예 교수는 백세 시대 인생 2막의 롤 모델 같은 분이다. 1920년생으로 올해 만 101세인 그는 여전히 집필과 강연을 한다. 인터뷰차 만났을 때 두 신문에 칼럼을 쓴다고 말했다. 나처럼 기독교 신자인 그는 "기독교인은 예수의 가르침을 자신의 인생관·가치관으로 받아들인 사람"이라고 말했다. 전적으로 동의한다.

나는 기독교 신자로서 '포괄적 차별 금지법' 제정에 반대하는 건 어떤 구실로도 정당화될 수 없다고 생각한다. 예수 정신, 즉 예수의 가르침은 배제가 아니라 사랑이다. 예수를 닮으려는 사람들이 맞서고 배제할 대상은 공동체를 해치는 악당이지 소수자가 아니다. 동성애에 반대하기 때문이라고 하는데 나 역시 동성애를 바라보는 게 불편하다. 기독교 신자라서이기보다 내가 생물학적 성과 성 정체성이 일치하는 이성애자이기 때문이다.

오래전 한 트랜스젠더를 인터뷰했다. 유명 트랜스젠더 하리수로 인한 착시로 인터뷰 전 나는 막연히 그에 대해 여성적인 용모를 떠올렸다. 그러나 성인이 되고 난 후 성전환 수술을 받은 그의 얼굴 골격은 완연한 남자였다. 성 정체성이 여자였던 그는 수술하기 오래전부터 여장을 해왔다고 말했다. 가족이 가장 먼저 등을 돌렸고 결국 집을 나와야 했다. 남자들과 한때 교제도 했다. 여자인 줄 알고 접근했다가 그가 남자인 것을 안 남자들은 돌아섰다. 인터뷰 당시엔 나이 많은 독일 남자와 살고 있었다. 그는 자신이 남자인 것을 알고도 떠나지 않은 그 남자에게 충만한 성적 만족감을 안겨주고 싶어 수술을 받았다고 말했다. 누가 그에게 돌을 던질 수 있을까? 그는 단지 동성인 남자를 사랑하도록 태어났을 뿐이다.

이 말은 1974년 성추행 혐의로 기소됐던 영국의 동성애자 조지 몬타뉴가 2016년 BBC와의 인터뷰에서 한 것이다.

"남자를 사랑하도록 태어났을 뿐, 그 사람이 (용서받아야 할) 무슨 죄를 지었는가?"

그가 언급한 사람은 천재 수학자 앨런 튜링이다. 제2차 세계대전 당시 독일 잠수함 암호기 에니그마의 암호 시스템을 해독해 종전을 앞당기는 데 기여한 튜링은 2013년 동성애 범죄에 대해 영국 왕실로부터 사면을 받았다. 1954년 41세에 청산가리가 든 사과를 먹고 극단적 선택을 한 지 59년 만이다. 자살하기 3년 전 그는 동성애 혐의로 체포됐고 화학적 거세 치료 등을 둘러싼 논란에 휩쓸렸다. 그의 사면을 계기로 발의된 치안범죄법 개정안, 일명 튜링법이 통과돼 2016년 과거 동성애죄로 처벌받은 수만 명의 영국 남성이 한꺼번에 사후 사면을 받았다. 당시 94세가 된 몬타뉴는 이날 BBC에 이렇게 말했다.

"나는 아무 죄가 없다. 이 사면을 받아들이는 것은 죄를 지었다고 스스로 인정하는 것이다."

셰익스피어 이래 가장 사랑받는 19세기 영국 최고의 극작가 오스카 와일드도 동성애 행위로 고소당해 투옥됐고 파산했다. 그는 이런 말을 남겼다.

"작은 성실함은 위험한 것이며, 과도한 성실함은 치명적이리만큼 위험하다."

나는 설사 동성애가 죄라 하더라도 동성애자를 정죄할 마음이 없다. 죄인이라고 해서 혐오하고 부당한 차별을 해도 되나? 혐오하고 차별하기보다 하나님의 처분에 맡겨야 한다는 생각이다. 죄는 미워할지언정 사람은 미워하지 말 일이다. 심지어 기독교대한감리회는 2016년 교회법을 개정해 성 소수자의 인권을 지지하는 목회자를 징계하기로 했다.

사실 목사들이 그보다 큰 죄를 얼마나 많이 짓고 있나? 한국교회탐구센터와 목회데이터연구소가 온라인 빅 데이터 분석 업체 골든 플래닛에 의뢰해 분석한 '빅 데이터로 본 2020 한국교회 주요 4대 이슈'에 따르면 부정적 데이터의 이슈 순위가 지역 교회 중심의 코로나19 확산, 전광훈 목사, 목사 성폭행 순이었다.

예수는 네 이웃을 네 몸처럼 사랑하라고 말씀하셨다. "누가 나의 이웃이냐?"고 물은 율법 교사에게 착한 사마리아 사람 이야기를 들려준 후 "강도 만난 사람의 이웃이 되어준 사람이 누구였느냐?"고 반문하고 "너도 가서 그렇게 하라."고 하셨다. 예수는 우리가 만나는 동성애자에게 이웃이 되어주라고 당부하신다고 믿는다. 동성애자는 포용할 대상이지 차별과 배제의 대상이 아니다.

나는 이성애자가 되기 위해 아무런 노력도 하지 않았다. 태어나 보니 남자였을 뿐 남자가 되려고 노력한 일도 없다. 이런 생득적生得的 지위는 출생과 동시에 얻는 귀족 신분이나 다를 게 없다. 동성을 사랑하도록 태어난 동성애자도 마찬가지다.

대한민국에서는 남자가 최고의 스펙

지난해 경기도 별내로 이사한 후 아내가 대학원 석사 과정에 진학했다. 전공은 가족 상담이다. 시아버지와 함께 살면서 만학하는 아내의 가사 부담을 덜어주기 위해 내가 주장해 식기 세척기를 장만했다. 달랑 세 식구라 보통 저녁 식사 후 아내가 그릇을 세척기에 집어넣으면 아침에 내가 식사 준비를 하면서 꺼낸다.

설거지를 거드는 남편이 많아졌다. 얼마 전 인터뷰한 유재홍 가농바이오 회장도 몇 년 전부터 설거지를 한다고 했다. 남자들이여, 설거지를 거드느니 식기 세척기를 들여놓으라. 설거지가 그렇듯이 집안일은 요리 말고는 대부분 허드렛일이다. 식기 세척기와 함께 건조기도 들여놨다. 세탁기 위에 올려놨다. 빨래는 20년째 내가 담당한다.

코로나19 탓에 아내는 온라인 수업으로 두 학기를 마쳤다. 얼마 전 회사에서 상을 받은 딸이 상금 전액을 엄마의 셋째 학기 장학금으로 내놓았다. 최근 줌을 이용해 화상으로 치른 큰 처남 환갑잔치 때 아내의 만학이 화제가 돼 내가 아내의 딸내미 장학금 수령 사실을 전했다. 딸도 해외에서 줌 환갑잔치에 참석했다. 딸은 인도네시아 자카르타 지사에 근무 중이다. 여자로서는 2호 주재원이라고 한다. 인사팀에서 지사 근무를 타진 받고서 결혼까지 미루고 응했다.

딸이 태어난 1993년에 김영삼 대통령이 취임했다. 이로써 이른바 문민 시대가 열렸다. 이름을 수민秀民이라고 지었다. 수는 돌림자이지만, 빼어난 백성이란 뜻이다. 여자로 살기 만만치 않은 이 나라에서 차별 없이 자라 '여자 사람'으로서 행복하기를 바랐다. 아들인 동생과 차별하지 않고 키웠다. 무엇보다 부부 평등을 실천하려 애썼다.

딸이 초등학생 때의 일이다. 독서 지도를 하던 교사에게 딸이 "저녁 시간에 엄마는 소파에 앉아 있고 아빠는 빨래를 개켰다."고 이야기했다. 그러자 교사가 아빠가 정말로 빨래를 개켰느냐고 되물었다고 한다.

친구 집에 다녀온 딸이 아내에게 이렇게 말한 일도 있다. 친구 아빠가 "신문 가져와라, 물 가져와라." 심부름을 시키더라는 것이다. 나는 아내와 아이들에게 한 번도 이런 심부름을 시킨 일이 없다.

한번은 아내가 초딩 딸에게 치마 길이가 너무 짧다고 한 후 나를 돌아봤다. 무언의 동의를 구한 것이다. 나는 "예쁜데 뭐." 하고 말았다. 솔직히 말리고 싶은 생각도 들었지만 결론은 내버려 두자였다.

그래도 부모로서 유교주의적 가치관에서 자유롭지는 못했다. 딸은 성장한 후 명절날 자신은 음식 장만을 돕게 하고 남동생은 설거지를 하게 했다고 불평했다.

2019년 봄 서울시여성가족재단이 홈페이지를 통해 실시한 서베이에 따르면 직장에서 성차별을 경험한 적이 있다는 응답자가 전체의 83%였다. 여성은 87%가 성차별을 겪었다고 답했다. 여성 응답자가 들은 성차별적 발언으로는 "이런 건 여자가 해야지", "여자치고는 잘하네", "독해서 승진한 거다", "술은 여자가 따라야 제맛이지" 등이 꼽혔다.

신문사 시절, 나와 잘 통하는 선배들을 나는 직함 대신 형이라 불렀다. 가까운 취재원 중 일부 연장자는 선배라고 호칭했다. 남자가 대다수인 조직에서 남자가 남자 선배를 형 또는 형님이라고 부르는 일은 지금도 드물지 않다. 그러나 이런 호칭은 여성 구성원들에게 펜스로 작용한다. 여자는 남자 선배를 형으로도, 오빠로도 부를 수 없기 때문이다. 여자가 배울 게 많은 남자 선배와 친해지고 싶어 아무개 오빠라고 불렀다 치자. 어떤 일이 벌어지겠는가?

이제 성희롱·성차별뿐 아니라 이런 남성 중심적인 조직 문화도 바뀌어야 한다. 조직 차원에서 성차별적인 호칭도 '정치적 올바름'이라는 체로 걸러낼 필요가 있다. 장기적으로는 여성 인재 채용에 장벽이 될 수도 있다.

여성 구성원들이 좌절하는 유리 천장은 두말할 나위 없다. 한 공기업 사장은 "요즘은 여자가 학업 성적이 더 뛰어날뿐더러 리더십도 남자보다 뛰어나다."고 말했다. (그는 여자와 달리 성장기 남자들이 컴퓨터 게임에 빠지기 때문이라고 나름대로 분석했다.) 세상의 절반인 여성이 유리 천장 탓에 외면하는 조직은 장기적으로 지속 가능성이 떨어질 수밖에 없다는 생각이다.

딸은 아빠 같은 사람을 만난다. 주변을 돌아보면 다수가 그렇다. 심지어 아빠와 사이가 안 좋은 딸도 아빠 같은 유형의 남자를 배우자로 선택할 가능성이 크다. 그래서 성장기 때 가정 폭력에 시달린 여자가 데이트 폭력의 피해자가 되는 아이러니가 벌어진다. "장차 딸의 행복을 위해서라도 남자는 좋은 아빠가 되어야 한다." 딸 둔 남자 후배들에게 내가 사석에서 하는 말이다.

"대한민국에서는 남자가 최고의 스펙이다."

2017년 생전의 노회찬 의원이 '82년생 김지영 대담회'에 참석해 한 말이다. 성차별적인 문화, 관습, 제도와 유형·무형의 시스템이 바뀌어야 한다. 더 이상 남자가 스펙이 되지 않는 세상이 되려면 딸 둔 남자들이 앞장서야 한다.

스티븐 스필버그가 만든 영화 〈쉰들러 리스트〉의 주인공 오스카 쉰들러는 나치 당원으로 유대인의 노동력을 착취해 이윤을 챙기는 속물 자본가다. 어느 날 유대인 학살 현장을 목격한 후 유대인을 살리기 위해 위험을 무릅쓴다. 자기 재산을 쏟아부어 1,100여 명의 유대인을 구한 그는 되레 "충분히 구하지 못했다."고 자책한다. 유대인으로 그의 공장의 노련한 회계 담당인 이자크 슈텐이 『탈무드』를 인용해 말한다. "한 생명을 구하는 건 세상을 구하는 것과 같습니다."

성차별적인 조직 문화를 바꾸는 데 딸 둔 아빠들이 앞장서야 한다. 내 딸을 위해 세상을 바꿀 순 없어도 내 직장에서 남의 딸이 차별당하지 않도록 배려하고 감시할 수는 있다.

언론은 재벌 총수에 기울어진 운동장

고등학교 은사가 이재용 삼성전자 부회장의 특별 사면을 요구하는 청와대 국민청원에 서명하고 지인 100명한테 서명을 요청하라고 문자를 보냈다. 청원 마감일인데 서명자가 8만3,875명밖에 안 된다고, 너무 답답하다고 했다. 대한민국 국민은 모두 찬성해 500만 명은 돼야 하지 않느냐고 했다. 고교 교사를 그만두고 지방의 한 대학에 몸담은 선생님은 거기서 정년 퇴임했다. 나는 "외람되지만 저는 선생님과 입장이 다르다."고 답했다. 선생님은 다행히 "다양한 의견이 성숙한 사회를 만들기 바라네."라고 반응했다.

나는 2013년 가을 포브스코리아에 '삼성전자의 성공 DNA'라는 타이틀로 삼성전자 성장사를 4개월 연재했다. 첫 회에 고 이건희 삼성그룹 회장의 오너 리더십을 다뤘다. 이병철 삼성 창업자의 셋째 아들로 태어난 그는 식품·섬유 기업으로 출범한 삼성을 세계 최고의 글로벌 가전 기업으로 키웠다. 2014년 심근 경색으로 쓰러지기까지 그의 회장 재임 중 삼성그룹의 매출액은 34배로 늘었다. 1993년 그는 임원 200여 명을 독일 프랑크푸르트로 불러 신경영을 선언했다. 그가 "마누라와 자식 빼고 다 바꾸라."고 했지만 당시 경영진은 마누라만 바꾸고 싶어 했다는 일화가 있다.

그는 창업 2세였지만 중시조 같은 오너 기업인이었다. 삼성이 나아갈 방향과 비전을 제시하고 반도체 등에 대한 대규모 투자를 결정했지만 일상적인 경영은 전문 경영인에게 위임했다. "반도체는 라이프 사이클이 짧지만 경쟁사보다 6개월만 일찍 개발하면 떼돈을 벌 수 있다."면서 반도체 업業의 개념은 타이밍이라고 한 데서는 그만의 예지력을 엿볼 수 있다. 그러나 경영권 편법 승계, 불법 비자금 조성, 무노조 경영 등으로 재벌 대기업 중심인 한국 경제의 성장사에 그림자를 드리우기도 했다.

이재용 부회장은 국정 농단 뇌물 공여 파기 환송심에서 징역 2년 6개월 형을 선고받았고, 양측의 재상고가 없었기에 형이

확정됐다. 한 달도 안 돼 사면론이 불거진 건 언론 탓이 크다. 한국 언론, 특히 신문은 재벌 총수에게 기울어진 운동장이다.

그의 죄는 사적 이익을 챙기려 권력에 86억 원의 뇌물을 건넨 것으로, 정경 유착의 전형이다. 언론은 재벌의 이런 범죄를 비판하고 정경 유착을 감시해야 하지만 되레 재벌 친화적 보도로 다양한 시각의 보도를 접할 독자들의 권리를 침해했다.

그가 법정 구속되자 신문들은 '삼성그룹주 시총 28조 증발' 등의 기사로 그의 구속이 주식 시장에 나쁜 영향을 미칠 것이라고 보도했다. 심지어 한국 경제가 무너지기라도 할 듯 경제 위기론에 불을 지폈다. 이 부회장의 특별 사면 청원자는 청원서에 이렇게 썼다.

"대한민국 1등 기업인 삼성이 리더의 부재로 경영이 조금이라도 뒤처진다면 2~5년 뒤에는 엄청난 경제 위기가 올 것이라고 생각합니다."

그러나 이런 보도는 진실과 부합하지 않는다. 그가 처음 구속된 2017년 2월부터 1년간 삼성전자 주가 상승률은 26.5%로 코스피 상승률 19.8%를 웃돌았다. 그의 형이 확정된 날 삼성전자 주가가 3.4% 하락했지만 다음 날 2.4% 반등해 회복세를 보였다. 민주언론시민연합은 그의 구속보다 코스피 장세의 영향이 더 컸다고 분석했다.

경제개혁연구소는 2000년~2018년 법원에서 유죄 판결을 받은 총수 11명과 이들이 지배한 35개 기업, 319개 계열사를 대상으로 분석한 결과, 총수가 실형을 받았을 때보다 집행 유예로 풀려났을 때 주가가 더 떨어졌다고 발표했다. 재벌 총수의 구속이 기업 위기, 나아가 경제 불황으로 연결된다는 언론의 예측 보도는 근거가 빈약한 셈이다. 심지어 일부 신문은 뇌물을 제공한 그가 피해자라는 식으로 보도했다.

설사 총수의 구속이 해당 기업이나 경제에 악영향을 미친다고 하더라도 이들에게 관대한 처벌을 하는 것이 옳은가? 건전한 자본 시장 질서 형성에 바람직하지 않을뿐더러 장기적으로는 해당 기업에도 바람직하지 않다는 생각이다. 총수도 죄를 지으면 제대로 죗값을 치러야 재벌도 법을 지키고 기업 경영도 투명해진다.

무엇보다 이재용은 경영 능력을 성과와 성가로 보여준 이건희가 아니다. 2020년 봄 이 부회장은 대국민 사과를 하면서 "경영권 승계 문제로 더 이상 논란이 생기지 않도록 하겠다."고 한 뒤 "저 자신이 제대로 된 평가도 받기 전에 이후의 승계 문제를 언급하는 것이 무책임한 일이라고 생각해서이기 때문"이라고 말했다.

경영 능력을 입증한 일 없는 그에게 법을 우회해 옥중 경영을 허용하는 것이 상식에 부합하나? 이 부회장 자신이 준법 경영을 약속하지 않았나? 심지어 특별 사면이라니.

지식인이 외면하는 한국 교회

서울 도봉구에 있는, 내가 다니는 교회는 13년째 정의여고 강당을 예배실로 사용한다. 코로나19 사태 이후 거의 모든 예배와 모임을 온라인으로 실시 중이다. 학교 건물이라 방역에 더 민감하기 때문이다. 두 차례 드리는 일요일 온라인 예배 접속 인원은 1,000명 가까이 된다. 최근엔 전남 여수에서 어느 분이 새 신자 등록을 했다. 경기도 덕소에 있는 자매 교회엔 지방의 다른 교회 교인이 상당액의 헌금을 했다. 코로나로 인해 어려운 가정을 돕는 특별 헌금이었다.

카타콤은 로마에 있던 초기 그리스도 교도의 지하 묘지이다.

로마 제국이 그리스도 교도를 핍박하던 시절 이들은 카타콤으로 피신해 예배를 드렸다. 박해의 세월이 길었기에 거기서 태어나 자라 살다가 죽어 카타콤에 묻히기도 했다. 하나님이 이들의 예배를 받으셨듯이, 코로나 시대에 당국의 방역 방침에 따라 신자들이 각자 집에서 드리는 랜선 예배를 기쁘게 받으실 거라 나는 믿는다.

일부 교회와 교계 단체들은 왜 지방 정부와 소송까지 벌이면서 대면 예배를 고집할까? 한 신학대학원 교수는 대형 교회의 경우 지난 1년간 헌금이 20~30% 줄어들었을 것으로 추정했다.

물론 대면 예배를 드리고 싶어 하는 교인들도 있다. 더욱이 농어촌 지역 노인들은 온라인 예배 자체가 익숙지 않다. 도농간·세대 간 디지털 디바이드의 문제가 있다는 것이다. 이들이 예배에 참여할 수 있도록, 대형 교회를 비롯해 앞서 비대면 예배를 안착시킨 교회들이 도울 수 있다. 아니, 미자립 교회를 돕듯 개교회의 울타리를 벗어나 도와야 한다고 생각한다. 어쩌면 포스트 코로나 시대에 맞는 새로운 선교의 비전인지도 모른다.

일부 교회 지도자들이 소송전까지 벌이며 당국에 맞서는 건 불안감 때문이라고 본다. 헌금이 줄었을뿐더러 대면 예배를 회복했을 때 현장 예배가 외면당할까 봐 두려운 것이다. 대학처럼 교회도 위기를 맞은 것이다. 온라인 예배로 충족되지 않는 건 사실 목사와의 직접 대면뿐이다. 목사들이 하나님을 교회에 유폐하지 않았다면 현장 예배를 고집할 이유가 없다. 무소부재의 하나님이 교회에 갇혀 계실 리 없다.

신천지예수회, BTJ열방센터와 더불어 교회발 대규모 집단 감염의 진원지였던 사랑제일교회 전광훈 목사는 본인도 코로나 확진 판정을 받았다. 그는 격리 조치를 통보받고서도 광화문 집회에 나가 마스크 없이 연설했다. "여기(집회) 오면 병이 낫는 거"라고 외쳤다.

그가 "하나님 꼼짝 마. 까불면 나한테 죽어."라고 한 건 하나님 모독이다. 백보 양보해 과대망상이라 치자. 무엇보다 기성 교회가 그를 단죄해야 하는 건 그가 하나님을 재물의 신, 곧 우상으로 전락시켰기 때문이다. 그는 "물질적 감사가 있어야 되는데 주님을 섬겨보니 하나님도 돈에 약하다."고 말했다. 창조주 하나님 외에 맘몬(재물)은 물론이고 권력, 명예, 심지어 자식까지 모든 피조물을 섬기는 건 우상 숭배다. 그는 하나님을 우상 숭배자로 규정한 셈이다. 전광훈 씨는 2019년 여름 소속 교단에서 면직, 제명당했다.

서울 사랑의교회는 신도 수 9만 명의 초대형 교회이다. 이 교회는 지하 예배당의 서초역 일대 도로 불법 점용으로 논란을 일으켰다. 대법원이 원상을 회복하라는 판결을 내렸지만 커뮤니티 처치를 표방하는 이 교회는 원상회복은 불가능하다고 버티고 있다. 언젠가 이 교회 앞을 지나는데 '하나님이 다하셨습니다'라고 쓴 플래카드가 걸려 있었다. 속으로 '하나님이 당하셨는데 이응 받침이 탈락해 다하셨습니다가 됐군.' 했던 기억이 있다.

유럽의 식자층엔 친개신교 성향 인사가 많고, 미국의 식자층엔 구교인 친가톨릭 성향의 사람이 많다고 한다. 유럽은 가톨릭이, 미국은 개신교가 기득권이기 때문이다. 이재철 목사는 "유럽과 미국의 식자층은 가톨릭과 개신교 중 어느 쪽이 더 성경적으로 행동하는지 헤아려본다."고 말했다. 한국의 지식인들은 신교와 구교 중 어느 쪽이 더 성경적이라고 생각할까? 아니 한국의 종교 기득권 집단의 주류는 개신교도인가, 가톨릭 신자인가? 나는 한국의 기득권 동맹에 기생하는 개신교 목사들은 종교 자영업자로 전락했다고 본다.

오래전 바티칸의 성 베드로 대성당에 들어섰을 때의 느낌을 잊을 수 없다. 그 엄청난 규모, 권위적인 건축 양식과 엄숙미에 나는 압도당했다. 그러나 이어서 든 생각은 이 웅장한 건물에 과연 하나님이 계실까 하는 것이었다. 나는 한국의 메가 처치(대형 교회)들이 언젠가 유럽의 오래된 성당들처럼 텅 빌 것으로 본다. 관광 자원으로서의 가치는 있는지 모르겠다.

역사적 예수는 진보주의자였다

대학원생 시절 성당에 다니는 가까운 후배가 있었다. 주말을 보내고 학교에서 만나면 자연스레 주말에 어떻게 지냈는지가 화제가 됐다. 보통 일요일엔 둘 다 교회에서 시간을 보냈고 저녁엔 밖으로 나가 한잔했다. 나중에 신부가 된 후배는 수시로 보좌 신부와 성당 앞에서 한잔했다고 말했다. 나는 친구들과 교회로부터 멀찍이 떨어진 곳에서 남의 시선을 의식하면서 한잔했다.

언젠가 내가 섬기던 교회 부목사로 있던 분에게 이렇게 물은 일이 있다.

"예수께서 가나의 혼인 잔치에서 포도주를 드셨을까요?"

질문의 의도를 간파한 그가 껄껄 웃으며 답했다.

"드셨겠죠. 드셨어도 아마 많이 드셨을 겁니다."

예수가 행한 첫 이적은 물로 최상급의 와인을 만들어 술이 떨어져 낭패를 당한 혼주로 하여금 결혼식 피로연에 온 하객들을 환대케 한 것이다. 예수는 즐겨 먹고 마신다고 사람들에게서 술꾼 소리를 들었다.

"그런데 사람의 아들이 와서 먹고 마시자, '보라, 저자는 먹보요 술꾼이며 세리와 죄인들의 친구다.' 하고 너희는 말한다."
— 누가복음 7장 34절

그 시절 내가 즐겨 부르던 노래 중에 「금관의 예수」가 있다.

"얼어붙은 저 하늘, 얼어붙은 저 벌판

태양도 빛을 잃어 아 캄캄한 저 가난의 거리 ……

오 주여 이제는 여기에, 오 주여 이제는 여기에."

김지하가 노랫말을 쓰고 김민기가 곡을 붙인 이 노래는 기독교 민중가요의 효시 격이라고 할 수 있다. 김지하는 희곡 『금관의 예수』도 썼는데 거지, 문둥이, 창녀를 돕는 수녀, 이들을 등쳐 먹는 경찰과 악덕 업주, 이런 현실을 외면하는 대학생과 신부가 등장한다. 이 연극을 올릴 무대에서 쓸 곡으로 그는 「금관의 예수」를 만들었다. 김지하는 예수에게 가시 면류관이 아니라 금관을 씌움으로써 권력과 타협하는 기독교를 풍자했다. '금관의 예수'라는 파격적인 제목은 결국 노래를 발표할 때 「오 주여 이제는 여기에」라는 제목으로 순화됐고, 양희은이 불렀다. 권위주의 시대에 권력과 타협했던 기독교는 훗날 맘몬(금권)과 타협했다.

작가이자 목사인 박총은 자신의 저서 『욕쟁이 예수』에 예수가 입에 담은 욕 '독사의 자식'은 날것으로 번역하면 '뱀 새끼', 한국식으로 번안하면 '개새끼'라고 썼다. 예수가 내뱉은 이 욕엔 불의를 향한 의분이 배어 있었다. 구약 성경의 선지자들도 사회 구조적 불의에 대해 불같이 노하고 추상같은 경고를 했다.

고아, 과부, 가난한 사람, 나그네는 성경에 등장하는 4대 취약 계층이다. 이집트의 압제에서 벗어나 광야를 건너는 이스라엘 백성에게 하나님은 나그네를 학대하지 말라고 했고, 과부·고아를 괴롭히면 너희 아내는 과부가, 너희 아이는 고아가 될 거라고 경고했다. 이들을 돌보지 않으면 죽이겠다는 겁박이다. 공동 번역 성경은 출애굽기의 이 대목에 약자 보호법이라는 소제목을 달아 놨다. 성경에 나타난 하나님은 언제나 사회의 약자 편이다. 이들에 대한 억압과 착취에 하나님은 진노했다.

예수 자신이 이 세상에서 밑바닥 인생을 살았다. 비혼모에게서 태어난 사생아 신세였고 태어나자마자 이집트에서 난민 생활을 했다. 갈릴리의 노동자였고 공생애가 시작된 후엔 머리 뉘일 곳조차 없는 홈리스였다. 그런 예수가 산업 현장에서 매일 노동자 네댓이 떨어지고, 끼이고, 깔려 죽는 이 땅의 구조적 불의를 용납하실 리 없다.

본디 가난하고 억압받는 사람들의 종교였던 기독교는 콘스탄티누스 대제 때 로마의 국교로 공인되면서 야성을 잃고 부와 권력에 길들여졌다. 한국 교회 역시 언젠가부터 중산층 이상의 종교가 되어버렸다. 먹고살 만해야 다니고 내세울 게 있어야 당당한 기득권층의 종교가 됐다.

그러나 예수의 제자로서 기독교인은 약자와 소수자의 편에 서야 한다고 믿는다. 선거 때도 사회적 약자와 소수자를 대변하는 정당에 투표해야 한다고 생각한다. 그저 같은 교인이라고 해서 뽑는다면 비신자들이 '정종 유착'이라고 비판해도 할 말이 없다는 생각이다.

개신교 장로였던 초대 대통령 이승만의 집권으로 대한민국 출범 당시부터 기독교의 기득권화는 시작됐다. 이승만은 한국을 개신교 국가처럼 운영했다는 평가를 받는다. "정권 기반이 취약했던 박정희는 정권 유지를 위해 반공 이데올로기에 의지해야 했다. 당시 이를 지원할 수 있는 민간 세력으로는 개신교가 유일했다."(백중현의 『대통령과 종교-종교는 어떻게 권력이 되었는가』) 박정희 집권기에 개신교는 비약적으로 성장했다. 대부분의 대형 교회가 이때 등장했다. '반공'과 '친미'가 기독교 교리로 받아들여질 정도였다. 중형을 선고받고 복역 중인 이명박도 장로 대통령이었다.

누가복음엔 예수가 태어나서 처음 접한 예언이 기록돼 있다 그가 사람들을 분열시키고 엄청난 배척과 반대를 당해 눈엣가시로 살게 된다는 것이었다. 실제로 그는 급진 혁명파 지도자 바라바보다도 당시 이스라엘 사회에 더 큰 위협이었다. 만일 그렇지 않았다면 예수 대신 이 악명 높은 살인자이자 혁명가가 십자가 처형을 당했을 것이다.

"기독교 신자가 급진적인 정치 세력보다 기득권층에 더 위협이 되지 않는다면 예수를 닮기엔 한참 멀었다"고 박총 목사는 주장한다. 그의 주장대로, 기독교인들이 마땅히 누릴 수 있는 기득권을 포기하는 만큼 어둔 세상에 빛을, 차가운 사회에 열을 전할 수 있다고 나는 믿는다.

사회 진보는 비합리적인 사람들에 달렸다

고 노무현 전 대통령은 나와 띠동갑 연장年長이다. 그는 지금 내 나이에 영면했다. 나는 그와 두 번 만났다. 첫 만남은 토론 모임이라는 밋밋한 이름의 기자들 모임에서 그를 게스트로 불렀을 때였다. 게스트는 솔직히 이야기하고 기자들은 기사로 쓰지 않는다는 게 불문율이었다. 두 번째 만남은 그가 대통령 후보 시절에 한 인터뷰였다. 예의 소탈함을 눈으로 확인할 수 있었다.

올해 84세인 제인 폰다는 베트남전 반대 시위 등의 사회 운동에 평생 참여했다. 2019년 가을에서 겨울, 기후 변화에 대한 관심을 촉구하기 위해 매주 금요일 미국 의사당 앞 집회에 참석한 이 여배우는 집회 후 시위를 벌였다. 이 때문에 금요일마다 경찰에 체포된 그는 당시 '기후 악당' 트럼프 대통령을 겨냥해 이런 말을 남겼다.

"나이를 드는 것의 장점은 당신이 뒤를 돌아볼 수 있다는 것과 여러 명의 대통령을 볼 수 있다는 것이다."

우리는 반란수괴죄로 감옥에 다녀온 두 대통령, 감옥에 있는 두 전직 대통령, 부엉이 바위에서 몸을 던진 노 전 대통령을 목도하고 있다.

이명박·박근혜 시절의 시대정신은 사익 추구였다. 그 귀결이 두 사람의 감옥행이었다. 나는 종강 때 '내 인생의 오답 노트'를 공개한다. 첫 번째가 인생에 정답이란 없다는 것이다. 저마다 시행착오를 겪으면서 나름의 답안을 작성할 뿐이다. 그러니 내가 과연 정답대로 살고 있을까 고민할 이유가 없다. 정답이 없다고 오답도 없는 건 아니다. 감옥에 있다. 이명박·박근혜 시절 동안 10년 가까이 멈춰선 듯했던 역사의 수레바퀴는 촛불 혁명 덕에 다시 전진하고 있다. 역사는 진보한다.

이인규 전 중앙수사부장에 따르면 MB의 국가정보원은 노무현 대통령에게 포괄적 뇌물 수수 혐의를 씌우기 대해 여론조작을 했다. 노 대통령 일가가 피아제 시계를 논두렁에 버렸다고 허위로 꾸며 언론에 흘렸다. 하도 내용이 구체적이라 나도 반신반의했었다.

노 대통령이 서거한 직후 정동길을 걸으면서 느낀 상실의 편린을 나는 '죽은 노무현에게서 취할 것들Something from Roh'이란 제목으로 블로그에 올렸다. "노무현에게는 있었고 이명박에게는 없는 것, 그러면서 다수의 국민이 바라는 것들을 취해야 한다. 노무현은 무엇보다 국민과 소통하려 한 대통령"이라고 썼다.

그는 대통령 취임사에서 "반칙과 특권이 용납되는 시대는 이제 끝나야 한다."고 선언했다.

"정의가 패배하고 기회주의자가 득세하는 굴절된 풍토는 청산되어야 합니다. 원칙을 바로 세워 신뢰 사회를 만듭시다. 정정당당하게 노력하는 사람이 성공하는 사회로 나아갑시다."

노무현은 재임 중 미국과 자유무역협정FTA을 맺어 개방형 통상 국가의 기틀을 마련했다. 이 일로 그는 왼쪽 깜빡이를 켜고 우회전한다는 비판을 받았다. 그는 "민주주의 최후의 보루는 깨어 있는 시민의 조직된 힘입니다. 이것이 우리의 미래입니다."란 말도 남겼다.

그의 철학이었던 '사람 사는 세상, 상식이 지배하는 사회'를 정치 현장에서 실천한 사람이 고 노회찬 전 의원이다. 진보 정치의 두 거인이 스스로 투신을 한 건 공교로운 일이다.

생전의 노회찬은 자신의 상식적 처신에 대해 “저야 교과서에서 배운 대로 살았을 뿐”이라며 그러니 자신은 잘못이 없다고 말했다. 교과서적이란 말엔 판에 박혀 현실적이지 않은 것이라는 부정적인 함의도 있다. 노회찬의 이 말은 ‘교과서대로’란 모범이 되는 것임을 새삼 일깨운다.

노회찬은 민주노동당 방북대표단 단장으로 방북한 2000년 이래 여러 차례 북한을 방문했다. 그의 어머니는 1990년대 초 이산가족 상봉을 신청했다. 그는 그러나 형제와 조카를 찾는 어머니를 위해 자신의 지위를 이용해 북측에 이들의 생사 확인을 청탁한 일이 없다.

노회찬의 남다른 미덕은 기득권 체제 안에 진입한 후에도 체제 밖 사람들을 대변한 것이다. 6411번 버스를 타는 사람들이 대표적이다.

“이 버스를 타는 분들은 이름으로 불리지 않습니다. 그냥 아주머니입니다. 청소하는 미화원일 뿐입니다. 한 달에 85만 원 받는 이분들이야말로 투명인간입니다. 존재하되 그 존재를 우리가 느끼지 못하고 함께 살아가는 분들입니다.”

프랑스의 철학자 질 들뢰즈는 좌파는 세상을 먼저 생각하고 다음에 국가, 가까운 사람들 그리고 자기 자신을 생각하는 사람이라고 말했다. 노무현의 별명은 바보였다. 이 별명에 대해 그는 퇴임 전 이렇게 말했다.

"정치하는 사람들이 바보 정신으로 정치를 하면 나라가 잘 될 거라고 생각합니다. 어쨌든 그냥 '바보' 하는 게, 그게요 …… 그냥 좋아요."

영국의 극작가 버나드 쇼는 "합리적인 사람은 자신을 세상에 맞추지만, 비합리적인 사람은 세상을 자신에게 맞추려고 애쓴다. 따라서 진보는 전적으로 비합리적인 사람에게 달려 있다."는 말을 남겼다. 이를테면 바보 같은 사람이다.

여자를 쉽게 대상화하는 한국 남자

나는 딸과 아들을 뒀다. 고교 시절 이래 우리 아이들의 공식적인 통행금지 시각은 자정이다. 지난해 대학을 졸업한 아들은 4년 내내 학교가 있는 경기도 용인에서 기숙사 생활을 했다.

아이들의 고교 시절 우리는 서울 쌍문동 언저리에 살았다. 드라마 〈응답하라 1988〉의 무대이기도 했던 쌍문동. 드라마에 등장하는 쌍문고와 쌍문여고는 현존하지 않는 학교다. 두 학교의 모델은 각각 선덕고와 정의여고이다. 아들은 선덕고를 나왔고, 딸은 정의여중 출신이다.

아들은 기숙사에 있던 시절에 주말이면 집에 와 동네 친구들과 어울렸다. 종종 통금 시각을 넘겨 귀가하기도 했다. 남자 대학생에게 모처럼 집에 온 주말에 자정 전 귀가하라는 건 사실 무리한 요구이다. 77학번인 나도 그 시절에는 친구들과 어울려 걸핏하면 자정을 넘겼다.

딸이 문제를 제기했다. 아들에게는 관대한 우리 집 통금 시간이 사실상 남녀 차별적이라는 것이다. 나는 아들에게 자정을 넘기게 되면 통금 위반에 대해 누나에게 사전에 양해를 구하라고 얘기했다. 아들이 몇 번 시도했지만 딸은 들어주지 않았다. '통금 성차별'을 용납할 수 없다는 것이었다. 양성평등을 주장해 온 나로서는 대략 난감이었다.

어느 날 나는 딸에게 이렇게 말했다.

"네가 늦으면 동생이 늦을 땐 하지 않는 한 가지 걱정을 더 하게 돼. 아빠 말, 알아들어?"

알아들었는지, 아빠 맘을 읽었는지 딸은 그 후로 이 암묵적인 통금 성차별에 대해 이의를 제기하지 않았다. 나의 처는 이렇게 말한다.

"여자가 롱wrong 타임, 롱 플레이스에 롱 퍼슨과 함께 있으면 사고 위험이 높아진다."

여자에게 한국의 24시 이후는 롱 타임-위험한 시간이다. 언제부터인가 밤길, 특히 심야에 앞에서 여성 혼자 걸어가면 나는 다소 거리를 두고 떨어져 걷는다. 나의 발소리, 어쩌면 가로 등 불빛에 일렁이는 나의 그림자에 앞의 여성이 위협을 느낄 수도 있겠다는 생각에서다.

대학 시절, 이 나라엔 야간 통행금지가 있었다. 밤 12시면 통행금지를 알리는 사이렌이 울렸고, 이때 거리를 벗어나 어디든 들어가지 않으면 통금 위반으로 근처 파출소 신세를 져야 했다. 군대에 가기 전 학과 동기들, 몇몇 복학생 선배들과 어울려 신촌 거리를 활보하다가 또는 어느 술집에서 이 사이렌 소리를 들으면 우리는 서둘러 들어갈 곳을 찾았다. 어느 집 앞에나 있던 콘크리트 쓰레기통을 엄폐물 삼아 몸을 숨겨 이동해 들어간 신촌의 여관방에서 우리는 여관 주인이 틀어주는 야한 비디오에 정신없이 빠져들었다. '장미여관'이 아니라도 좋았다.

1945년 9월 인천에 상륙한 미군이 미 군정청 존 하지 사령관의 군정 포고 1호로 실시한 이 야간 통금은 37년 만인 1982년에 사라졌다. 박정희 서거 후 권력의 공백기에 쿠데타로 집권해 철권통치를 한 전두환 정권이 야간 통금을 없앴다는 건 아이러니가 아닐 수 없다. 그 시절 최정호 교수는 한 에세이에 이렇게 썼다.

"사람은 낮의 자유를 지니고 태어나듯이 밤의 자유도 지니고 태어난다."

한국일보 기자 출신인 최 교수는 통금에서 자유로웠던 조간 신문 기자였기에 밤의 자유가 더 그리웠는지도 모른다. 그 시절의 심야 통금처럼 우리가 미처 의식하지 못하는 부자유가 여전히 유령처럼 우리 주변을 어슬렁거리고 있는 건 아닐까? 자유주의자로서 나는 이런 의문을 품을 때가 있다. 중세를 암흑기라고 하지만 당대의 많은 사람이 그런 생각을 하지 못했다고 한다.

어쨌거나 여관방에서 본 음란 비디오는 고교 시절 어쩌다 동기가 학교 뒷산에서 건넨 조잡한 음화와는 차원이 달랐다. 손바닥 반만 한 음란 사진은 파격적이었지만 화질이 형편없었다. 수간을 담은 것도 있었다. 성에 늦게 눈뜬 내게 신촌 여관방 야동 속 환락은 신세계였다.

내 또래의 보통 한국 남자는 스스로 조심하지 않으면 여자를 대상화하기 십상이다. 가부장주의가 지배적 이데올로기였던 시대, 제대로 된 성교육을 받지 못한 채 성장하는 과정에서 생긴 왜곡된 성 인식 등이 원인일지 모른다. 어쩌면 남자란 태생적·구조적으로 여자를 대상화하기 마련인지도 모르겠다. 그래서 여자에게 실수하지 않으려면, 아니 본의 아니게라도 피해를 입히지 않으려면, 또는 여자 문제로 인해 실패하지 않으려면 자기 경계가 필요하다. 박원순 서울시장의 허망한 죽음을 보면서 이런 생각을 다시 하게 됐다.

필리핀에서 활동하는 구본창 WLKWe Love Kopino 설립자는 필리핀의 코피노 엄마들이 한국인 생부에게서 양육비를 받아내도록 돕는 일을 한다. 코피노는 '코리안Korean'과 필리핀 사람을 가리키는 '필리피노Filipino'의 합성어로 한국 남성과 현지의 필리핀 여성 사이에서 태어난 아이를 일컫는다. 총 4만여 명에 이른다고 한다. 가장 나이가 많은 코피노는 스물네 살의 어엿한 성인이다. 구본창 씨와의 인터뷰 때 나는 "한국 남자들이 왜 필리핀 동거녀, 그녀와의 사이에서 낳은 아이를 버리느냐?"고 물었다. 그는 가부장주의적 가치관에 의해 굴절된 성 의식, 우리보다 못사는 나라 사람들에 대한 비뚤어진 우월감 등이 원인이 아닐까 생각한다고 말했다.

손길승 전 SK그룹 회장과 박희태 전 국회의장은 자기 분야에서 일가를 이룬 사람들이다. 그러나 두 사람은 훗날 젊은 여성과의 부적절한 신체 접촉으로 구설에 올랐다. 상대 여성과 나이 차가 너무 나다 보니 딸도 아니고 "손녀 같아서"라고 변명을 해야 했다. 신문사에 근무하던 시절엔 몇몇 동료가 성희롱·성추행으로 조직을 떠나는 것을 지켜봤다. 피해자는 대개 인턴 기자 같은 조직의 약자였다. 한 여자 선배는 그런 혐의를 받은 남자 선배가 퇴직할 때 회식 자리에 나가지 않는 소심한 복수를 했다고 털어놓았다.

나의 회사원 딸내미는 여성으로서 회사 생활에서 겪는 각종 불이익에 대해 분개한다. 성적 이슈에 휘말리지 않으려 남자 상사들은 남자 후배와 해외 출장을 간다고 한다. 일종의 펜스 룰이다. 나는 조직 생활을 하는 동안 여자 후배들에게 불이익을 준 적 없나? 기억나는 일은 없지만 당사자들의 생각은 다를 수도 있다.

나는 성장하면서 집에서 생리대를 본 일이 없다. 이사를 많이 다녔고 큰 집에 살아본 적이 없지만 어머니와 두 살 터울인 누나는 이 '은밀한' 물건을 내 눈에 띄지 않는 곳에 두었다. 그 시절에 가족들과 허심탄회하게 많은 대화를 한 건 아니지만 성을 주제로 한 대화는 금기였다. 성교육은 생각도 못 했던 시절이다. 이렇게 자란 후 야동으로 처음 접한 여성의 몸은 성적 욕구 분출의 통로 같은 것이었다. 지나친 말이지만, 어쩌면 '배수구'라고도 할 수 있겠다.

이런 그릇된 성 의식에서 이제라도 벗어나려 한다. 제때 제대로 교육받지 못했다고 피해자인 양할 수는 없다. 배우지 못했다고 면책되는 건 아니다. 아닐 말로 나라고 손길승이나 박희태가 되지 말라는 법 없다.

만 101세인 김형석 연세대 명예 교수는 '액티브 시니어'의 대명사이다. 그는 80대 중반이 되면 대개 혼자가 되는데 홀로 남은 이에게 재혼을 권한다고 말했다. 재혼이 어려우면 연애라도 하라고 했다. 그는 80대 중반까지는 남성성을 유지한다고 털어놓았다. 90세가 되면 그마저 잃게 된다고 덧붙였다. 그때까지는 성에서 자유롭지 않다는 이야기로 들었다.

100세 시대, 곱게 나이 들어가는 건 누구에게나 만만치 않은 과제다. 무엇보다 노인 빈곤의 나락에 떨어지지 않아야 할 것이다. 더불어 노욕과 노추를 피해야 한다. 신노년의 세 가지 화두다.

산업화와 민주화의 대립 구도를 넘어

군에 입대한 해에 박정희 대통령이 피살된 10.26사건과 전두환을 중심으로 한 신군부의 12.12군사반란을 겪었다. 공군 참모총장 당번병이었던 나는 당시 워커를 신은 채 사무실 바닥에서 눈을 붙였다.

박정희가 주도한 5.16군사쿠데타 세력, 즉 구군부가 결성한 정당은 민주공화당, 신군부가 만든 당은 민주정의당이었다. 전두환의 쿠데타 동지이자 후계자인 노태우의 민주정의당 정권이 그 후 여소야대 정국을 타개하려 만든 보수 대연합 정당은 민주자유당이었다. 민주주의를 유린한 반민주 세력이 민주주의 수호자를 자처한 셈이다.

군사 정권에 반대한 세력도 똑같이 자유 민주주의를 외쳤고, 반공이란 '대의'를 무시할 수도 없었다. 대한민국 정부가 북한의 공산 혁명 이론에 반대해 수립된 데다 동족상잔과 분단을 겪으면서 레드 콤플렉스가 한국인의 DNA에 각인된 탓이었다. 박정희 구군부 세력은 아예 반공을 국시로 삼았다. 국가 이념이 무슨 이념에 대한 반대—무엇에 대한 안티라는 건 아이러니다. 국시國是의 시是는 옳다는 뜻이다.

문민정부 출범으로 군사 독재가 막을 내린 후 민주화 세력은 군사 정권에 참여한 산업화 세력을 수구 반동으로 규정했다. 산업화 세력은 그들대로 민주화 세력에 친북 좌파의 낙인을 찍었다. 이런 현대사의 질곡은 우리나라에서 보수와 진보 간의 합리적 경쟁 내지는 대결을 가로막았다.

총성 한 번 울리지 않은 군부 쿠데타로 최근 실각한 미얀마의 정치 지도자 아웅 산 수 치Aung San Suu Kyi는 과거 군사 정부에 저항했지만 집권 후 자신의 심복들로만 정부를 꾸렸다. 민주화 투쟁의 주역들을 키우지도 않았다. 민주주의와 인권을 유린한 군사 정부에 맞섰다고 저절로 민주주의·인권 수호의 보루가 되는 건 아니다.

운동권 출신 86세대 정치인들도 과거 군사 독재에 맞서 싸웠다고 현재 민주적이고 정의로운 건 아니다. 이들은 과연 지금 진보적 가치를 대표하는가? 위성 정당을 만들어 21대 국회를 장악하고 상임 위원장 자리를 독식한 민주당은 위험의 외주화를 막아달라는 피해자 가족들의 단식에도 아랑곳없이 실효성 없는 중대재해법을 통과시켰다. 노동 문제를 바라보는 이들의 시각은 박정희주의 신봉자들과 얼마나 다른가? 문재인 정권 실세들은 "가덕도 신공항 사업이 문재인 정부의 4대강 사업이 아니라고 할 수 있느냐?"는 심상정 정의당 의원의 비판에 뭐라고 해명하겠는가.

86세대 정치인은 한국 사회에서 가장 강력한 세대 집단이다. 역사상 어느 세대보다 정치적으로 과잉 대표되고 있다. 운동 경력은 이들에게 세월이 흘러도 빛바래지 않는 훈장이다. 이렇다 보니 홍세화 씨의 지적대로 윤리적·지적으로 우월감에 사로잡혀 있는 듯싶다.

그러나 교육의 평등을 외치면서 이들도 자식을 특목고에 보냈다. 해외 유학도 보냈다. 부동산 투기를 죄악시하면서도 보수 기득권층이 그랬듯이 아파트를 여러 채 보유했다. 역대급으로 이중적이면서도 스스로 성찰하지 않았다. 교조주의적 운동권 정서에서 벗어나지 못했기 때문 아닐까? 안병진 경희대 미래문명원 교수는 "미국 리버럴이 1990년대 탐욕과 무절제에 빠져 트럼프라는 괴물이 탄생했다."고 말한다.

86세대 기득권 세력은 또 조국 사태를 겪으면서 정의를 독점하려 들었다. 그러면서도 자신들이 스스로 조성한 유리한 환경의 수혜자란 사실엔 눈감았다. 이들이 스스로의 능력을 과대평가하는 능력 만능주의에서 자유롭다고 할 수 있을까?

성찰 없는 능력주의는 세습주의를 낳는다. 이미 한국 사회에서 중산층 세습화를 지탱하는 이데올로기로 기능하고 있다. 한마디로 이들은 자신들이 쌓은 운동 경력을 이 사회의 공공재로 승화시키지 못했다.

무엇보다 반대 정파를 적폐로 몰아 한국 사회를 분열시켰다. 기회 있을 때마다 친일파 프레임을 꺼내 들었다. 적대적 의존 관계에 있는 보수 야당엔 토착 왜구라는 낙인을 찍었다. 그 결과 산업화 세력과 민주화 세력 간의 오래된 갈등을 아예 화해 불가능한 것으로 만들었다.

『추월의 시대』를 쓴 1980년대생 논객들은 이 두 세력 또는 세대에게 화해할 때가 됐다고 주장한다. 산업화와 민주화의 대립 구도를 넘어설 것을 제안한다. 국내 총생산GDP 세계 10위 국가라는 빛나는 성취는 돌이켜보면 '좌우 합작'을 통해 이룬 것이다. 산업화·민주화의 성공을 잇는 대중문화·방역 분야의 성과는 선진국을 추월했다. K 시리즈는 '국뽕'이란 비판도 받지만 퍼스트 무버로서의 가능성도 보여줬다.

때마침 코로나19는 우리 사회에 세기적 대전환을 요구하고 있다. '헬조선'에 사는 젊은 세대에겐 보수의 철 지난 애국 타령도, 진보의 시대착오적 편 가르기도 더 이상 먹히지 않는다.

2

나는 58년 개띠, 진보적 노인은 소수자다

폭력이 일상이던 야만의 시대

1967년 초등학교 3학년 때 나는 서울 왕십리의 무학국민학교로 전학했다. 아버지의 직장이 있던 뚝섬과 가까운 왕십리로 우리 집이 이사했기 때문이다. 김흥국의 노래 「59년 왕십리」에 등장하는 왕십리. 1976년 개봉한 〈왕십리〉라는 영화도 있다. 당시 육합춘이라는 중국집 앞에 고 신성일이 서 있는 스틸 사진이 신문에 실렸다. 이 영화의 영어 제목은 'Wang Sib Ri, My Hometown'이었다. 지하철 2호선이 다니는 왕십리길 지상으로 전차가 다녔던 게 생각난다.

나는 서울 토박이다. 왕십리로 이사하기 전까지 영등포구 오류동에서 태어나 줄곧 거기서 살았다. 오래전 이 동네를 찾은 적이 있다. 그때 3학년 1학기까지 다닌 오류국민학교와 내가 자란 오류동교회를 잇는 그 시절의 하굣길을 되짚어 봤다. 어려서 살던 집은 흔적을 찾기 어려웠다. 서울 사람들은 대부분 실향민이다. 고향을 찾아도 이미 옛 모습을 잃었기 때문이다.

무학국민학교 3학년 우리 반은 100명이 넘었다. 2부제 수업을 했는데도 그랬다. 말 그대로 콩나물 교실이었다. 인터뷰하기 위해 만났다가 우연히 무학국민학교 7년 선배임을 알게 된 박용기 박사는 자기가 다닐 땐 3부제 수업을 했다고 들려줬다.

그 시절의 나는 체구가 작았고 유약한 성품의 내성적인 아이였다. 그러면서도 남들 앞에 서고 싶어 했다. 전학한 그해 우리 반에 손 아무개라는 아이가 있었다. 공부를 못했고 주목도 못 받는, 평범한 아이였다. 나이가 많은 남자 담임은 그 애를 '발 아무개'라고 불렀다. 지금 내 나이쯤 됐을까? 막 전학 온 나는 어린 나이에도 그러는 담임 선생이 유치해 보였다. 한번은 담임이 슬리퍼를 벗어 들어 그 애의 얼굴을 때리면서 발 아무개라고 모욕했다. 나는 앉은 자리에서 고개를 떨군 채 내가 당한 일인 양 모멸감에 몸을 떨었다. 이듬해인 1968년 '국민 교육 헌장'이 반포됐다.

폭력이 일상인 야만의 시대였다. 언어폭력도 심했다. 중학교 3학년 때 나의 담임은 준수한 외모에 머리를 올백으로 빗어 넘긴 중년의 신사였다. 끝이 여의주처럼 생긴 작은 막대기를 들고 다녔는데, 그 막대기로 학생의 머리를 때리기도 했다. 이분은 어쩌다 학생의 행실이 못마땅하면 빈정거리듯이 "네 애비가 그러더냐?"라고 말하곤 했다. 그 말이 몹시 거슬렸다. 아들의 행실로 인해 왜 애먼 아버지가 '애비' 소리를 들어야 하나? 담임이 반 친구에게 그렇게 말하는 것을 보고 한번은 내가 벌떡 일어났다. "선생님, 애비가 뭡니까?" 교실에 긴장감이 돌았다. 그보다 가벼운 저항을 한 학생도 교사가 수틀리면 쥐 잡듯 하는 시절이었다. 담임은 그러나 아무 소리도 하지 않았다. 어쩌면 내가 학생회장이었기 때문인지도 모른다.

고등학교 3학년 때의 일이다. 어느 날 아침, 교문 지도를 마친 우리 학교 출신의 손 선생이 우리 반이 수업 대기 중이던 본관을 향해 걸어오는데, 사달이 났다. 누군가 창밖을 내다보다 그를 향해 냅다 욕을 한 것이다. 손 선생이 그날 두발 단속에 걸린 학생들의 머리를 바리캉으로 밀어 고속도로를 냈기 때문이다. 고3도 예외가 아니었다. 교실로 뛰어올라온 그는 욕을 한 학생을 잡아내려 했다. 아무도 손을 들지 않았다. 손을 들었다가는 죽음이기 때문이었다. 그는 종례를 마칠 때까지 제 발로 찾아오지 않으면 "자동으로 3운동장 집합"이라고 선언했다. 당시 우리 학교엔 운동장이 세 군데 있었다. 제일 작은 3운동장은 복원된 경희궁 뒷산에 있었다. 우리 학교는 일제가 강점기에 철거한 경희궁 터에 자리 잡고 있었다.

반장이었던 나는 종례를 마친 후 교무실로 손 선생을 찾아갔다. "어, 다녀갔어. 해산~." 다녀갔을 리 만무했다. 제자이자 까마득한 고교 후배에게서 공개적으로 쌍욕을 들은 분이 그새 풀린 듯했다. 걸핏하면 군대식 단체 기합을 받던 시절이었다. 그 시절 학교는 '까라면 까는' 상명하복의 병영 문화가 지배했다. (최종렬 교수는 중대재해기업 처벌법이 누더기가 된 후 위에서 까라면 무조건 까는 '깐다이즘'이 기업에서 여전히 횡행하고 있다고 비판했다.)

군사 정부 아래 고등학교와 대학엔 교련 과목이 있었고 교련 시간이면 교련복을 입었다. 목총모형 총기을 들고 제식 훈련을 했고 열병도 했다. 군사 훈련이나 다름없었다. 교련 교사들은 예비역 장교였는데 평소에도 군복 차림이었다. 이들은 체육 교사들과 더불어 학생들의 규율을 잡는 역할을 도맡았다.

대학 2학년을 마친 후 공군 사병으로 군에 입대했다. 1979년 여름이었다. 대전에서 훈련을 받았고 그 후 공군본부에 배치됐다. 졸병 때 고참들에게 맞으면서 나는 나중에 졸병을 때리지 않겠다고 결심했다. 제대할 때까지 나와 한 이 약속을 지켰다. 그 시절 뒤늦게 전입 온 바로 밑 입대 기준 한 달 졸병이 군악

특기였다. 입대 전엔 서로 몰랐지만 대학 동기로 음대생이었다. 그는 음대엔 "빠따를 때리는 '전통'이 있다."고 말했다. 군악대 출신의 예비역들이 병영 문화를 학원에 이식했기 때문일 것이다. 행사가 많은 의장대와 군악대는 전통적으로 군기가 세다. 인터뷰차 만난 한 고려대 의대 교수는 의대에도 과거에는 '빠따'가 있었다고 이야기했다.

고교 방송반 시절에 나는 1년 후배 반원들에게 '빠따'를 친 적이 있다. 반장으로서의 책무 같은 것이었다. 체벌 도구는 방송실에 있는 마이크 스탠드였다. 단 한 번이었지만 무지막지하게 쇠파이프로 때린 것이다. 그로부터 꼭 1년 전, 나도 동기들과 함께 1년 선배인 전임 반장에게서 마이크 스탠드로 '빠따'를 맞았다. 가까운 방송반 1년 후배는 방송반 시절의 나에 관한 기억 중 하나로 '빠따'를 치던 모습을 소환했다. 그는 그때 피멍이 들었다고 말했다. 군 시절 구타를 하지 않은 건 내 몸에 각인된 병영 문화를 정작 병영에 있는 동안엔 거부한 거라고 할 수 있다.

야만적인 폭력의 뿌리는 일제 강점기로 거슬러 올라간다. 강점기에 태어난 고 박완서는 자전적 소설 『그 많던 싱아는 누가 다 먹었을까』에서 소학교 6학년 담임이 일제고사 성적이 다른 여자반보다 떨어지면 가한 체벌에 대해 썼다. 짝끼리 서로 마주 보고 서서 상대방의 뺨을, 선생이 그만하라고 할 때까지 때리는 것이었다. 살살 때리는 기미가 보이면 선생은 입가에 비웃음을 띠우고 마냥 때리게 할 거라고 위협했다. 작가는 "열서너 살밖에 안 된 계집애들이 증오심을 상승시켜 가며 꽃 같은 뺨이 시뻘겋게 부풀어 오르도록 사매질하는 광경은 구원의 여지가 없는 지옥도였다."고 회상했다.

박완서가 그 시절에도 '독특했다'고 한 이 체벌을 자신의 손끝도 대지 않고 가한 사람은 조선인 여선생이었다. 내선일체內鮮一體: 일본과 조선은 한 몸를 조작한 일제하에서 주인의식으로 왜곡된 마름의식에서 이런 기행이 나온 것인지도 모른다.

"소작료를 받으러 다니는 마름이 때로는 지주보다 더 위세를 부렸다."(박경리의 『토지』)

복학 후 대학 선생이 되어보겠다고 진학한 대학원 석사 과정 시절까지 나는 주류로 살았다. '뺑뺑이'로 입학한 고교 시절에도 입학 성적이 좋았기에 당당했다. 대학원생 때 학비 보조를 받기 위해 학과 사무실 조교를 한 일이 있다. 나처럼 본과 출신이 아닌 타 과, 타 대학 출신은 근로 장학금과 연계된 사무 조교 자리조차 얻기 어려웠다. 나는 교수 연구실 조교 '낙점'이야 연구실의 '주인'인 교수가 하지만 사무 조교만큼은 차별 없이 희망자에게 고루 기회가 주어져야 한다고 주장했다. 이 건의가 받아들여져 타 과 출신 여학생, 타 대학 출신 여학생과 셋이 교대 근무를 했다.

석사 학위 논문을 썼을 때의 일이다. 내가 사용한 '커뮤니케이션학의 토착화'라는 용어에 대해 미국 대학에서 박사 학위를 받은 지도 교수가 강한 거부감을 보였다. 논문 심사 주심을 맡은 그는 논문 발표회장에서 "학문의 세계엔 일반화밖에 없다."고 코멘트했다. 결국 논문을 인쇄할 때 토착화를 '한국적 적응'이라고 고쳐야 했다. 이 일로 나는 박사 과정 진학을 재고하게 됐다.

대학원을 마치고 난 이듬해, 우리 나이로 서른에 특채로 신문사에 입사했다. 신문사 앞엔 회사 사람들이 자주 찾던 남강이라는 식당이 있었다. 밤이면 여기서 다른 부문 선배들과도 스스럼없이 수시로 합석을 했다. 한번은 새카만 신입이 까불까불하자 공채 1기인 대선배가 물었다 "너 몇 기생이니?" "저는 기생이 아니라 회사와 공생합니다." 선배는 기가 찼는지 웃었다. 지금은 고인이 됐지만, 애주가에 호방하면서도 너그러운 분이었다.

편집국 공정보도위원회 간사로 있는 동안 나는 시사지 부문으로 사실상 방출됐다. 그 후 경제 주간지 편집장이 됐지만 최단명에 그쳤다. 취업 전까지 나는 용광로처럼 주류는 비주류를 품어야 한다고 생각했다. 주철을 만드는 고로엔 철광석과 더불어 연료인 코크스를 넣는다. 고온에서 녹은 철광석에서는 선철이 나온다. 주류와 비주류가 혼연일체가 되는 것이다. 신문사 시절의 나는 비주류로서 조직 논리에 잘 순응하지 못했다.

"젊어서 진보 아니면 가슴이 없는 것이고, 나이 먹고도 보수가 안 되면 머리가 없는 것"이란 말이 있다. 이 잣대를 들이댄다면 난 머리가 없는 사람이다. 그러나 난 나이가 들면 오히려 진보가 돼야 한다고 생각한다. 내가 생각하는 진보적 삶은 이 시대의 대세인 신자유주의적 규범에 저항하는 것이다.

사실 젊어서는 생존을 위해 기성세대가 만들어 놓은 체제에 적응하고 그들이 만든 잣대에 맞춰 살아야 한다. 성공하려면 세상과 조직이 원하는 대로 처신해야 한다. 그렇게 사느라 때로는 부끄러워 나는 하늘을 우러르기는커녕 짐짓 외면했다. 그런데 7년여 전 정년퇴직을 하고 나서 조직 논리에서 자유로워졌다. 여전히 '배운 도둑질'을 하지만 내가 종사했던 언론을 객관적으로 바라보게 됐다. 몸담았던 회사의 집단 정서랄까, 정파적 시각에서 자유로워진 것이다. 나이를 먹으니 성공은 더 이상 인생의 목표도 아니다. 나이 들어 보수화하는 건 사실 기득권 때문이다. 아무래도 가진 게 많으면 그것들을 지키려 체제 유지적이 될 수밖에 없다. '딸깍발이' 기자로 살다 보니 사실 이렇다 할 기득권도 없었다.

무엇보다 나는 이런 양극화된 세상을 바라지 않았다. 이대로 자식들에게 물려줘서는 안 된다. 다음 세대에게 더 나은 세상을 물려주려면 지금의 기득권적 사고와 행동 원칙을 바꿔야 한다. 세상은 결코 스스로 진화하지 않는다. 저절로 좋아지는 법은 없다.

부양하고 부양 못 받는 낀 세대

8년여 전 어머니가 췌장암으로 떠나셨다. 향년 77세. 지병인 당뇨병을 오랫동안 앓았지만 관리를 잘해 비교적 건강하셨다. 장례를 치른 후 수목장을 지냈다. 서울 근교 추모 공원에서 두 나무가 만나 하나가 된 연리지목을 골랐다.

어머니는 세 남매 중 장남인 나를 편애하셨다. 때로는 집착하셨다. 어떤 의미에서 누나와 남동생이 그 피해자였다. 아버지와도 좋은 관계가 아니었다. 시집 식구, 심지어 당신 피붙이들과도 원만치 못하셨다. 당신이 그렇게 일찍 떠날 줄 알았다면 달라지셨을까?

'법적인 자녀'인 며느리·사위와의 관계는 어머니로서는 더욱 쉽지 않았다. 어머니는 당신이 원했던 며느릿감인 나의 아내와도 잘 지내시지 못했다. 어머니와 아내 사이에서 나는 어느 편도 들 수 없었다. 아내의 역성을 들지도 않았지만, 어머니를 나무라기도 했다.

남편도 내 편이 아니라고 생각한 아내가 이혼 이야기를 꺼냈다. 아내가 디스크로 병원 신세를 지고 있을 때였다. 청천벽력이었다. 나는 내가 이룬 나의 가정을 지켜야 했다. 박봉에 집장만을 하려 일시적으로 본가에 얹혀살던 나와 아내는 분가를 했다.

돌아가시기 얼마 전 어머니는 아내에게 "내가 그렇게 사는 게 아니었다."고 하셨다. 당신이 원했던 며느리와 잘못 지낸 것에 대한 후회로 이해했다. 입원해 있던 병원에서 별 뜻 없이 내가 "좋아하시는 찬송가가 무엇이냐?"고 물었을 때 어머니는 반문하셨다.

"장례 준비하니?"

그때의 서늘한 느낌이 지금도 남아 있다. 어머니가 떠나신 후 아내는 1년 가까이 마음을 추스르지 못했다. 제대로 화해하지 못한 탓이었다. 그런 상태에선 제대로 애도할 수도 없었을 것이다.

생전의 어머니는 백일도 안 돼 앞세운 나의 첫아이를 봐줄 수 없다고 하셨다. 아내가 아나운서로 방송국에 근무하던 시절이다. 그 바람에 목사 사모인 장모가 아이를 맡으셔야 했다. 아이를 가슴에 묻은 아내에게 어머니는 "애 죽인 년"이라는 모진 말을 하셨다. 왜 그러셨을까?

본가에 얹혀살던 시절에 태어난 아이도 어머니는 봐줄 수 없다고 하셨다. 옆 단지 사시는 어느 권사님에게 나와 아내, 아버지가 출근길에 번갈아 가며 아이를 맡겼다. 아이를 떼어놓고 돌아설 때 아파트가 떠나가게 울던 아이의 울음소리를 잊을 수 없다. 당시 어머니는 환갑 전, 지금의 아내 또래였다.

아버지는 혼자되신 후 독거를 바라셨다. 우리 집에서 걸어서 10분 거리에 사셨지만 나는 잘 들여다보지 못했다. 그러다 병이 나셨다. 어찌된 일인지 몸을 제대로 가누지 못하셨다. 병원 몇 곳을 찾은 끝에 병명을 알아냈다. 외출했다 넘어져 머리를 부딪친 게 원인인 뇌 경막하혈종이었다. 두개골 안쪽에 고인 피를 뽑아내는 시술을 받은 후 몇 달 걸려 회복이 되셨다. 나는 아버지에게 말씀드렸다.

"살림을 합치는 거 말고는 아버지도 저도 대안이 없습니다."

이렇게 덧붙였다.

"아버지, 이제 제가 가장입니다."

아버지는 1935년생, 우리 나이로 여든일곱이다. 한국전쟁 중

열여섯에 나이를 속이고 입대하셨다. 참전 용사인 만큼 반공 보수이다. 한때 5.16쿠데타 주도 세력이 만든 민주공화당 중앙 위원을 지내셨다.

아내가 아버지의 가계도를 그린 적이 있다. 아버지는 유년기에 두 형을 잃었다. 이복동생을 포함해 두 동생과 계모 슬하에서 자랐다. 내가 아는 할머니는 할아버지의 세 번째 부인이었다. 족보엔 세 할머니 이름이 올라 있다. 나의 어머니도 이른바 결손 가정 출신이다.

나는 '낀 세대'이다. 부모를 부양하는 마지막 세대이자 자식의 부양을 기대할 수 없는 첫 세대. 누군가는 '말초末初 세대'라고 부른다. 우리 세대 중 누가 자식의 '봉양'을 기대할 수 있겠는가? 같이 살 맘도 없지만. 노후에도 경제력을 유지해 자식과 따로 사는 게 답이다.

부자간이라 하더라도 한국전쟁 참전 세대와 전후 세대가 동거하기란 쉽지 않은 일이다. 견디는 게 최선인 노동이고, 불굴의 용기가 필요한 일이다. 구순을 바라보는 아버지는 나에게 어떤 의미에선 반면교사이기도 하다. 나이가 들어도 인정 욕구는 좀처럼 내려놓기 힘들다. 요즘은 당신이 '소식'하는 거로 인정을 받고 싶어 하신다. 달려갈 길을 마쳐 가는, 늙어 가시는 아버지를 보며 나는 수시로 느낀다. 나는 아버지 나이까지 살기나 할까? 백세 시대라지만 알 수 없는 일이다.

더욱이 요즘 같은 코로나19 시대에 가족은 거의 유일한 대면 공동체이다. 은퇴한 부자가 삼시 세끼 얼굴을 맞대고 함께 밥을 먹는 건 아버지에게도 아들로서도 만만치 않은 일이다. 세대 간 공통 화제를 찾고, 대면 상황에서 생기는 대화의 공백도 견뎌야 한다.

고지식한 원칙주의자

2001년 나는 한국기자협회 부회장으로 있었다. 그해 말 제주도 서귀포 칼호텔에서 기자협회 전국 시도 지부장 회의가 열렸다. 핵심 안건은 당시 규약상 2년 단임제인 회장에 대해 연임을 허용할 것인가 여부였다. 나는 이 회의의 사회를 봤다. 표결을 통해 민주적으로 연임을 허용하는 규약 개정이 이루어졌다. 문제는 개정된 규약을 현 회장에게 적용하느냐 여부였다. 나는 규약 개정 전 취임한 현 회장에 대한 소급 적용은 불가하다고 선언했다. 그러자 일부에서 편파적으로 사회를 본다고 항의했다. '국민'이 원하면 소급 적용도 할 수 있다는 논리였다. 토론을 한 후 표결에 부쳤다. 현 회장에게 소급 적용을 할 수 있다는 의견이 다수였다.

동갑이라 친구로 지내던 회장과 그날 밤 늦도록 술을 마셨다. 나는 회장에게 "이제 당신이 자발적으로 연임을 포기하는 길밖에 없다."고 설득했다. 연임을 허용하는 규약 개정은 사실 일을 잘했던 회장의 지지 세력이 회장의 임기 연장을 염두에 두고 벌인 일이었다. 회장은 대답을 하지 않았다.

다음 날 오전 나는 서울행 비행기에 몸을 실었다. 과음으로 속이 쓰렸다. 비행기가 이륙하자 한라산의 장관이 눈에 들어왔다. 당시 시도 지부장 회의를 제주에서 한 건 멤버들의 참석률을 높이기 위한 미끼였다. 그러나 번번이 회의 후 술자리가 길어져 제주의 풍광은 그야말로 그림의 떡이었다. 집에 도착할 무렵 회장에게서 전화가 걸려왔다. "연임을 하지 않겠다."고 했다.

일부에서 나더러 회장에 출마하라고 했다. 출마할 뜻도 없었지만 내가 출마하면 연임하지 말라고 회장을 주저앉힌 나의 진정성이 의심받을 수밖에 없다고 말했다.

그 사람, 37대 기자협회장은 임기를 마친 후 소속사에 복귀했고 몇 년 후 그 신문사의 광고국장을 지냈다. 광고국장으로 있던 시절인 2016년 봄, 그는 장충기 당시 삼성그룹 미래전략실 차장(사장)에게 문자를 보냈다. 장 사장이 언론사 보직 간부 등 우리 사회 유력 인사들과 주고받은 이른바 장충기 문자이다.

"문화일보, 그동안 삼성의 눈으로 세상을 보아왔습니다. 앞으로도 물론이고요. 도와주십시오. 저희는 혈맹입니다."

오늘날 재벌과 언론의 유착을 웅변하는 메시지라 하겠다. 그 사람-김영모 문화일보 광고국장은 2020년 11월 한 경제 일간지 사장으로 자리를 옮겼다.

나는 원칙주의자이다. 살아오면서 나름의 원칙을 세웠고 지키려 애썼다. 이상주의자는 사실 원칙주의자일 수밖에 없다. 나는 대학 시절 군 복무로 3년 반 만에 복학한 후 학교 도서관에서 살다시피 했다. 군 입대 전엔 과장하면 도서관이 어디 붙어 있는지만 알 만큼 도서관과 친하지 않았었다. 성적이 나빠 취업을 하려면 졸업 때까지 학점 관리를 하지 않을 수 없었다. 복학 후 4학년 시절 나는 아침부터 밤까지 중앙도서관을 지켰다. 밤 10시 넘겨 도서관을 나서 칠흑 같은 캠퍼스를 걸어 내려갈 때면 하루를 충실하게 살았다는 성취감이 밀려왔다.

1983년 봄, 그 시절 학교 도서관은 시험 때가 되면 자리 잡기 경쟁이 치열했다. 그렇다 보니 자리 대신 잡아주기가 성행했다. 집이 멀었던 나로서는 시험 때만 되면 새벽에 집을 나서도 자리를 잡을 수가 없었다. 남이 잡아준 자리는 티가 났다. 자리 주인은 없고 책 한 권이 덩그러니 놓여 있었다. 어느 날 안 되겠어서 그런 자리에 앉았다. 얼마 후 인기척이 느껴졌다.

"저어 …… 자리 좀 ……."

여학생이었다.

"이거 …… 댁의 책이에요?"

"아닌데요."

"그럼 여기가 댁의 자린 아니군요."

"……"

칸막이 너머 맞은편 앞자리에서 남자의 얼굴이 쑥 올라왔다.

"그거 제 책인데요."

"그 자리에 앉은 걸 보니 여기가 댁의 자리도 아닌 거 같군요."

주위의 시선이 얼굴에 와 닿았다. 나는 말을 건 여학생에게 말했다.

"휴게실 가서 잠깐 얘기 좀 할까요?"

남학생이 따라 나왔다.

"거두절미하고, 먼저 온 사람이 나중에 온 사람한테 친구의 책이 놓여 있다고 해서 자리를 양보해야 할 이유가 없다고 생각해요. 일찍 와서 자리를 잡아주신 친구분도 그 자리에 대해선 아무 권리가 없다고 보는데요."

"……"

여학생은 내게 오늘 시험이 있느냐고 물었다. 나는 다음 날부터 시험이었다.

"전 오늘 시험 봐요. 4교시인데, 그때까지 제가 앉았다가 시험 보고 와서 자리를 내어드리면 안 될까요?"

"……"

옆에 선 남자가 무언의 눈빛으로 동의를 구했다. 자리로 돌아와 가방을 챙겼다. 돌아서는 내게 등 뒤의 여자가 말했다.

"이따가 꼭 오세요."

더 일찍 나선 다음 날 아침 나는 학교 정문에서 꼬부라져 에스 자로 이어진 줄 한가운데 서 있었다. 학생증 검사대를 통과한 후 비호처럼 날아 지하 열람실에 자리를 잡았다. 여기저기서 친구 자리를 잡기 위해 책을 내던지는 소리가 어지러웠다. 시험이 끝난 후 이 이야기를 학내 신문에 투고했다.

학내 집회가 열리면 어쩌다 시위대가 도서관 로비를 점거했다. 로비에서 노래를 부르면 전 층에 울려 퍼졌다. 도서관에 있던 사람들은 자리에서 일어나 주섬주섬 가방을 쌌다. 시위대가 로비를 점거한 어느 날 나는 도서관의 높은 사람을 찾아갔다. "대학의 심장인 도서관이 시위로 멈춰 서게 방치해서야 되겠느냐?"고 따졌다. 물끄러미 바라보던 그가 한 마디 했다.

"총장도 못 하는 일입니다."

나는 "총장은 말 못 해도 도서관 근무자라면 나가 달라고 해야 하는 거 아니냐?"고 다그쳤다. 돌이켜보면 1980년대 전반의 대학 캠퍼스에선 또라이 같은 행동이었다.

신문사 재직 시절, 나는 단골 식당이 없었다. 취재원이 "어디로 갈까요?" 했을 때 무심히 단골 식당이 입에서 튀어나와선 안 된다고 생각했다.

그 시절 노동조합 상임 집행위원을 맡았다. 한때 몸담았던 중앙경제신문이 경영 논리로 문을 닫을 땐 비대위원을 지내기도 했다. 당시 노보에 "현재 중앙경제신문에 몸담고 있다는 이유로 구조 조정 대상이 되어선 안 된다."고 실명으로 투고를 했다. 노보 편집장으로 있던 후배가 익명으로 하는 게 어떻겠느냐고 했지만 뿌리쳤다. 정작 노조 위원장으로 있던 선배가 이 대목을 들어내고 투고 글을 실었다. 이 건으로 노조 사무실에서 그와 격한 대화를 나눴다. 위원장은 발행인으로서 글을 손볼 수 있다고 주장했다. 나는 발행인도 조합원 기고에 손을 대서는 안 된다고 반박했다.

나는 10여 년간 기자협회 간부로 있었다. 기자협회보 편집인, 한국신문윤리위원회 이사도 지냈다. 한국언론학회에선 시차를 두고 현업 이사를 두 번 했다. 이코노미스트 편집장에 내정됐을 때의 일이다. 중앙일보 편집국장으로 있던 선배가 불렀다. 그는 대외 활동을 중단하라고 충고했다. 그 충고에 따랐지만, "윗사람과 잘 지내라."는 또 다른 충고는 새겨듣지 못했다.

신문사 초년생 시절, 한번은 회사 선배가 불러서 이렇게 충고했다.

"후배이기도 해서 하는 말인데, 공부하는 기자가 돼야 하지 않겠어?"

직무에 충실해 회사에서 인정받고 성공한 사회인이 되라는 조언으로 들었다. 선배의 의중을 모르지 않았지만 나는 단호히 말했다.

"공부는 학교 다닐 때 하는 겁니다."

기자가 샐러리맨으로 전락한 건 사실 어제오늘의 일이 아니다. 기자의 준거 집단인 기자 사회라는 말은 사어가 돼버렸다. 언론이 지탄의 대상이 됐지만 아이러니하게도 언론 민주화는 더 이상 화두가 아니다. 언론이 내외부 자본-사주와 광고주의 통제와 유혹에서 벗어나려면 무엇보다 언론사라는 조직이 민주화되어야 한다.

촌지를 받지 않겠다는 초심

"서울 지하철 역사의 엘리베이터는 노약자용입니다. 노약자용인 만큼 운행 속도가 너무 빠르면 안 되고, 운행 구간 자체가 짧아서 빨라 봤자 잘 체감이 안 되죠. 당초 구매하겠다고 결재 올린 기종 대신 저속의 기종으로 바꾸라고 해 예산을 대폭 절감했어요."

이명박 서울시장은 "CEO 출신 시장은 뭐가 다르냐?"는 나의 질문에 "비용 마인드가 다르다."며 서울 지하철 역사에 엘리베이터를 놓을 때 자신이 한 의사 결정을 예로 들었다. 나는 그의 말에 동의했다. 대통령에 출마했을 때도 그는 CEO 대통령을 부르짖었지만 대통령은 경제적 접근을 하는 자리가 아니다.

나는 훗날 대통령이 된 세 정치인—고 노무현 대통령과는 대통령 후보 시절에, 이명박 전 대통령과는 서울시장 시절에, 박근혜 전 대통령과는 한나라당 대표 시절에—과 인터뷰를 했다. 박근혜 당 대표는 당초 인터뷰를 거절했다. "커버스토리라 사진은 꼭 찍어야 한다."고 우겨 어렵사리 기사에 쓸 사진만 찍기로 했다. 사진을 찍는 동안 옆에서 한두 가지 질문을 던지다 그러지 말고 전화 인터뷰라도 하자고 하니 뜻밖에 박 대표가 저녁에 전화를 하겠다고 했다. 긴가민가하며 회사로 돌아왔는데 그가 전화를 걸어 와 40분가량 통화했다.

고 김대중 대통령은 청와대 내외신 기자 회견에 참여해 만나봤다. 기자 회견장 통로 옆자리에 앉으려 하자 청와대 직원이 질문자 석이니 옮겨달라고 했다. 짜고 치는 고스톱이었다. 마치고 나오는 길에 마주친 김성훈 당시 농림부 장관에게 "정치부 기자들만 청와대를 출입해 질문이 정치 문제에 편중된다." 고 했더니 그도 수긍했다.

나는 지난 10여 년간 인터뷰어로 살았다. 기자 생활을 하는 동안 전·현직 장관 30여 명, CEO 약 350명과 인터뷰했다. 하루에 장관 두 사람과 인터뷰한 일도 있다.

가장 기억에 남는 인터뷰이는 남승우 풀무원재단 상근 고문이다. 그는 명문 경복고를 거쳐 서울대 법대를 졸업했지만 사법 시험에서 네 번 떨어졌다. 현대건설에 들어가 도피하듯 해외 현장인 사우디아라비아로 떠났다. 귀국 후 우연히 만난 고등학교 때 반장 원혜영 전 국회의원의 권유로 풀무원에 투자했다. 당시 시국 사범이던 원 의원이 풀무원농장을 차린 사회운동가 고 원경선의 아들이다. 친구 따라 강남에 갔는데 정작 친구는 정치에 뛰어들었다. 낮엔 현대건설, 밤엔 풀무원 사람으로 살다 현대건설을 그만두고 전업으로 풀무원 경영을 떠맡았다. 국내 첫 생식품 기업인 풀무원을 경영하느라 일본 회사들을 벤치마킹하는 한편 식품공학을 공부했다. 식품공학 석사를 마친 후 교수들의 권유로 식품생물공학 박사 학위도 땄다. 법대 출신 공학 박사가 된 것이다.

그의 서울 법대 동기 중 현역은 이낙연 전 민주당 대표 정도이다. 7선의 선출직 공직을 지냈고 21대 국회의장이 유력했던 원혜영 전 의원도 20대 국회를 마지막으로 정계를 은퇴했다. 오너가 좋은 점은 은퇴 시점을 스스로 결정할 수 있다는 것이다. 그는 65세에 전문 경영인에게 경영권을 넘겼지만 여전히 풀무원 오너이다.

외교학과에 가고 싶었던 그가 법대에 진학한 건 고등학생 때 성적이 썩 좋았기 때문이다. 현대건설에 들어간 건 사법 시험에 낙방한 탓이었다. 현대건설에서 별을 달 줄 알았다는 그가 사표를 던진 건 물정 모르고 풀무원에 투자했기 때문이다. 그가 경영을 맡았기에 풀무원은 소비자들이 신뢰하는 브랜드 밸류 높은 기업이 됐다.

그의 트레이드마크는 '수영장 이론'이다. 어쩌다 수영장 옆을 지나다 떠밀려 물에 빠지면 생존형 수영을 배울 수밖에 없다는 것이다. 전공 선택, 직업·직장의 결정, 배우자 선택 같은 인생의 중요한 결정이 그렇게 필연적이지 않다는 이야기다. 은퇴를 앞두고 그는 이렇게 말했다.

"글로벌 기업 CEO들이 대부분 65세에 은퇴합니다. 열정도 기민성과 기억력도 떨어져 은퇴하기에 적당한 나이죠. 정치야 더 할 수 있을지 모르지만, CEO는 과중한 업무량 때문에도 더 하기 어려워요."

중앙일보 기자로 근무하던 나는 사내 경제 주간지 이코노미스트로 파견을 나갔다. 1년만 가 있으라던 편집국장은 회사를 떠났고 나는 신문으로 돌아갈 기회를 잃었다. 내가 훗날 짧게 편집장을 지낸 이코노미스트에는 주간과 편집장이 인터뷰어를 맡는 고정난이 있었다. 인터뷰이 섭외부터 인터뷰용 질문서 및 기사 작성까지 인터뷰 진행을 제외한 나머지 전 과정을 담당하는 기자는 바이라인에 정리 기자라고 나갔다. 그래서 기자들이 이 일을 잘 맡으려 들지 않았다. 나는 개의치 않고 정리 기자를 했다. 주간과 편집장이 인터뷰하는 사람들은 대체로 밸류가 높았다. 쫄래쫄래 따라다니다 보니 인터뷰 좀 한다는 소리를 들었다. 인터뷰의 주인공은 인터뷰이이지만 인터뷰의 주도권은 인터뷰어가 행사해야 한다.

인터뷰어로서의 성가는 인터뷰 강의로도 이어졌다. 한국언론진흥재단의 수습기자 위탁 교육 인터뷰 강사를 했고, 파이낸셜뉴스 창간 당시엔 전 편집국원을 대상으로 인터뷰 특강을 했다.

기자 성명 주도로 보직에서 멀어지고 나서는 정년 때까지 기사를 썼다. 나는 기사만 쓰는 시니어 기자로서 전범이 되기로 마음먹었다. 정년을 앞뒀을 땐 박근혜 정부 첫 내각의 장관 여덟 명과 릴레이 인터뷰를 했다. 아홉 권의 졸저는 대부분 기획 인터뷰 시리즈를 단행본으로 엮은 인터뷰집이다.

인터뷰라는 장르는 적성에도 잘 맞았다. 호기심 부족 등 기자로서의 여러 약점에도 불구하고 나는 상대가 누구든 위축되지 않았다. 그 덕에 평기자 시절부터 장관과 인터뷰를 했다.

인터뷰어로서 나의 강점은 섭외력이다. 섭외는 인터뷰에서 차지하는 비중이 70%라고 할 만큼 압도적으로 중요하다. 아무나 쉽게 만날 수 있는 사람은 기삿거리가 아니다. 누구도 못 만나는 사람이 기사가 된다. 나는 기자로서 정용진 신세계 부회장과 처음 인터뷰했다.

외환 위기 당시 경제 사령탑이었던 강경식 전 경제 부총리와 퇴임 후에 인터뷰했을 때의 일이다. 공세적으로 질문을 던지자 그가 인터뷰를 더 이상 하지 않겠다며 자리에서 일어났다. 물어본다고 다 쓰는 건 아니라고 했지만 그는 입장을 바꾸지 않았다. 기사의 초고를 보내겠다고 얘기해 겨우 인터뷰를 마쳤고 약속대로 초고를 보냈다. 그가 빨간 플러스펜으로 기사를 수정해 딸기밭을 만들어 다시 보냈다. 기자가 기사화하기 전에 초고를 보내는 건 이례적인 일이다.

기자 생활을 시작할 때 나는 촌지를 받지 않겠다고 마음먹었다. 잘나가는 기자는 내 의지만으로 안 되지만 깨끗한 기자는 될 수 있다고 생각했다. 나는 기자 생활을 하는 동안 이 결심을 지켰다. 그러느라 여러 번 실랑이를 했다. 모 공사에 출입할 때의 일이다. 사장이 출입 기자들에게 저녁을 산 후 노래방 노래값이라고 하면서 봉투를 돌렸다. 사장이 자리를 떠난 후 홍보실장에게 돌려줬다. 사장이 준 봉투를 무심히 돌려받고 난감했던 그는 그날 밤 집 앞까지 쫓아와 한사코 다시 주려들었다. 그의 입장을 모르지 않았지만 한마디 했다.

"기어코 이 봉투를 주겠다면 내일 사장실에 가 면전에서 뿌리겠습니다."

IMF 체제 당시 몰락한 모 재벌 회장은 봉투에 넣지도 않은 은행 띠지 두른 지폐 다발을 안주머니에서 꺼내 건넸다. 나는 "젊은 놈이 생긴 대로 살도록 내버려둬 달라."고 말했다. 앞서 인터뷰를 거절했던 그는 기사가 나간 후 나를 불러 근래 자기 그룹을 다룬 기사 중 자신의 의중을 가장 잘 짚었다고 얘기했다.

고교 선배였던 모 장관은 인터뷰 전 집무실로 불러 "몇 회야?" 하고 물은 후 봉투를 내밀었다. 나는 호기롭게 거절했다. 내가 인터뷰한 모 중견 기업 오너 회장도 고교 24년 선배였다. 그 회사 로비에서 처음 마주쳤을 때 나는 쫓아가 대뜸 "형님"이라고 불렀다. 흘끗 쳐다보는 그에게 나는 "저도 효령대군 19대 손"이라고 얘기했다. 나는 그의 경영론을 중앙선데이에 3회에 걸쳐 연재했다. 마지막 취재 후 저녁을 먹는 자리에서 그가 봉투를 내밀기에 거절했더니 그가 말했다.

"자네는 형님이 주는 것도 안 받나?"

내가 제의받은 촌지 중 가장 거액이었다. 일단 받은 후 부회장인 딸에게 돌려주자 그가 이렇게 말했다.

"죄송하지만, 회장님이 주신 것을 제가 돌려받을 순 없습니다."

나는 이렇게 답했다.

"그럼 다 우리 회사 잘되라고 주신 걸 테니 그 돈으로 정기구독을 하시죠."

나 정도의 연조年條에 촌지를 받지 않은 기자는 거의 천연기념물이다. 촌지를 받지 않은 건 정당한 보수가 아니거니와 기사에 영향 받지 않기 위해서였다. 어느 선배는 출입처에서 촌지를 주면 일단 받고서 가십 기사로 조졌다고 했다. 촌지에 영향 받지 않는다는 걸 보여주기 위해서였다. 이강백의 희곡『내가 날씨에 따라 변할 사람 같소』를 패러디하면 '내가 촌지에 따라 변할 기자 같으냐'고 잽을 날린 셈이다. 그러나 안 받으면 모를까 촌지를 받았으면 반대급부를 제공해야 마땅하다. 신세를 졌으면 갚아야 한다. 인지상정이다. 에세이스트 로버트 풀검의 말대로 "유치원에서 배워 우리가 이미 알고 있는 사실"이다.

촌지는 밥값·술값을 선배들이 내는 언론사 문화를 지탱하는 하부 구조이기도 했다. 그 시대 기자들은 고스톱, 사우나, 보신탕을 즐겼다. 3종 세트라고 할 만했다. 나는 이 세 가지를 다 하지 않는다. 보신탕은 한 번 먹어본 일이 있다. 초년생 시절 출입처를 옮기게 돼 같이 출입하던 선배들과 회식을 했다. 나에게 묻지도 않고 보신탕집을 향했다. 속으로 '도둑질 말고는 다 해보라고 했지.' 하고 한 점 입에 넣었다. 내키지 않는 음식을 먹으려니 맛이 안 느껴졌다. '얼마나 살겠다고 당기지 않는 음식을 먹나.' 더 이상 먹지 않았다. 그 후로도 입에 대지 않았다. 나는 58년 개띠다.

불온했기에 불운했던 최단명 편집장

'똑똑하고 게으른 지도자.' 권오현 전 삼성전자 회장이 자신의 저서인 『초격차』에서 가장 유능하다고 주장한 리더십 스타일이다. 최악의 리더는 멍청하면서 부지런한 '멍부형'이다. 멍청해 잘못된 결정을 내리고도 부지런하기에 바로 실행에 옮겨 결정을 바로잡을 기회조차 무산시키기 때문이다.

똑똑한가-멍청한가, 부지런한가-게으른가 이 두 축으로 리더를 유형화하는 리더십론은 신문기자 시절에 처음 접했다. 권 회장은 중소기업 리더로 적합한 '똑부형'에 대해서는 본인은 성과를 내 보상을 받지만 조직의 발전엔 도움이 안 된다고 주장한다. 똑부형 리더는 모든 정사를 친히 챙기는 임금처럼 자칫 만기친람형이 되기 십상이다.

똑똑한 리더에 대해서는 사실 이론이 있을 수 없다. 누가 멍청한 리더 밑에서 일하려 들겠는가? 똑똑하고 부지런한 리더의 문제는 위임을 잘 하지 않는다는 것이다. 자신의 능력과 기여로 조직이 굴러가니 사람을 키울 생각도 별로 하지 않는다. 신문사 편집국장을 지낸 선배가 편 데스크론에 공감한 일이 있다. 신문사 부장은 자기가 맡은 지면을 잘 만들뿐더러 후배 부원들을 잘 가르쳐야 한다는 것이다. 단지 면만 잘 만든다면 일을 절반만 하는 셈이다. 지속 가능한 조직으로 만들려면 후배들을 잘 키워야 한다.

자기가 더 잘하는 일을 아랫사람에게 위임하기란 사실 쉽지 않다. 안철수 국민의당 대표가 안랩 이사회 의장이었을 때 인터뷰하면서 한 이야기다.

"구성원이 열 명일 땐 회사에서 일어나는 일을 사장이 모두 알아야 한다. 단돈 10원 지출하는 것도 꼼꼼히 따져보고 결정에 관여해야 경영을 잘할 수 있다. 그런데 구성원이 30명쯤 되면 권한을 위임해야 한다. 잘하는 일을 넘기려니 고통스러웠다. 50명이 되자 전략이 필요했다. 100명이 되자 임원을 두지 않을 수 없었고, 300명을 넘어서니 CEO가 조직의 디자이너가 되어 각종 시스템을 설계해야 했다."

그는 이렇게 덧붙였다.

"회사가 커지면서 일이 계속 바뀌었고 그 일이 익숙해질 만하면 새 일을 시작해야 했죠. 마치 어느 날부터 멀쩡한 오른손 두고 왼손을 써야 하는 오른손잡이 같은 기분이었습니다. 불편하고 괴로워도 이 기간을 잘 견뎌야 회사가 잘됩니다. 못 견디면 회사가 망하는 거죠."

신문사 시사지 법인에 근무하는 동안 나는 후배 대표들 밑에서 여러 해 일했다. 기자 출신 대표들 중엔 대표 일보다 익숙한 데스크 워크를 하려 드는 사람들이 있었다. 그러다 보니 포스트가 바뀌었는데도 롤 시프트를 못 하고 후배 편집장과 역할 갈등을 빚었다. 기자들은 어느 장단에 맞춰 춤을 춰야 할지 몰라 갈팡질팡했다.

그런가 하면 대표들은 자신의 재임 중 뭔가 바꾸고 싶어 했다. 나는 그들에게 바꾸기 전에 바꿀 수 있는 것과 바꿔선 안 될 것이 무엇인지부터 따져보라고 권했다.

4개 시사지를 총괄하는 대표 자리에 있던 한 선배는 회의 때 편집장들에게 이런 기사를 써봐라, 저런 기사를 써봐라 주문을 했다. 직속 선배 대신 회의에 들어갔다가 입바른 소리를 했다.

"선배는 나이, 사회·경제적 지위 등 어떤 기준으로도 평균적인 독자가 아닙니다. 그러니 그런 오더를 하지 마세요."

후배들에게는 "모든 아이디어는 등가"라고 말했다. 경험 많은 편집 간부가 낸 아이디어라고 해서 더 밸류가 높은 건 아니라는 이야기다.

똑똑한 리더가 부지런하기보다 게을러야 하는 건 그래야 구성원들을 돌아볼 수 있기 때문이기도 하다. 눈가리개를 한 경주마처럼 앞만 보고 달려서는 주변을 살필 수가 없다. 부장이 모니터 화면만 들여다볼 게 아니라 때로는 등받이에 깊숙이 기대 부원들 면면을 살펴야 무슨 걱정, 어떤 어려움이 있는지 보인다.

나는 어릴 적부터 리더가 되고 싶어 했다. 어쩌다 리더가 되고 보니 그 자리가 달콤했는지도 모른다. 초등학교 1학년 시절 처음 반장이 됐을 땐 담임이 지명을 했다. 수업 태도가 좋아 지명을 받은 듯했고, 앞에 나가서는 어이없게도 "공부를 열심히 하겠다."고 당선 소감을 발표했다. 3학년 때 전학을 갔는데 그 해 말고는 초등학생 시절 줄곧 반장을 했다. 중학교 2학년 때 반장 투표에서 차점자로 부반장이 됐다. 담임이 끼어들어 다른 친구를 부반장 시키자고 제안했다. 치맛바람의 영향인 듯했다. 반에서 반장-부반장-회장-부회장이 '권력' 서열이던 시절이었다.

어린 마음에 내가 무명 인사로 전락하는구나 싶었다. 그래서 그해 말 전교 학생회장 선거에 나갔다. 강당에 모인 학생들 앞에서 나는 정견 발표를 했다. 친구가 찬조 연설도 했다. 경쟁 상대는 2년 연속 반장을 한 친구였지만 내가 당선했다.

고등학생 때도 반장 또는 부반장을 했다. 방송반장도 했다. 대학에 진학한 후엔 과대표, 서클 회장을 했다. 심지어 군 입대 후엔 60명쯤 되는 공군본부 동기들 중 동기회장을 지냈다. 정작 회사 다닐 때 맡은 첫 보직인 편집장 자리는 100일을 채우지 못했다. 내가 편집장을 할 때 팀장을 맡긴 후배가 말했다.

"선배는 정무 감각이 떨어져요."

개혁을 하기 위해서도 자리는 지켜야 했다. 이상과 눈앞의 현실 사이의 간극을 받아들이고 호시우행虎視牛行: 범처럼 노려보고 소처럼 간다는 뜻으로, 예리한 통찰력으로 꿰뚫어 보며 성실하고 신중하게 행동함을 이르는 말 했어야 했다. 그런데 광고·협찬과 기사를 교환하는 '기사 거래'가 불가피한 현실을 도외시할 수 없는 상사와 충돌했다. 파열음이 나자 위에서 나를 쳤다. 경제적 통제에 휘둘리지 않는 매체라는 이상을 실현하려면 긴 호흡으로 때로는 타협도 하는 정치력을 발휘했어야 했다.

5공화국의 마지막 경제 부총리를 지낸 고 정인용은 전두환 정부에서 재무장관 등 여섯 자리에 중용됐다. 나는 중앙일보에 정 부총리의 회고록을 연재한 후 그와 공저를 냈다. 전두환을 전혀 몰랐던 정 부총리는 훗날 어떻게 자신을 기용하게 됐느냐고 그에게 물었다고 한다.

"나 역시 당신을 어떻게 알았겠소? 일을 시켜보니까 우직하게 잘하고 다른 자리를 또 맡겼더니 잘하고, 그러다 보니 그렇게 된 게지."

맡은 일을 제대로 감당할 때 더 중요한 일이 주어지는 법이다. 정인용은 1986년 봄 재무장관 시절 부실기업 정리를 했다. 부실기업 처리 대책을 들고 청와대에 들어간 그는 다른 때처럼 만년필부터 꺼내 드는 전두환에게 말했다.

"각하, 사인하지 마십시오. 보고는 다 드리겠지만, 제 책임하에 처리하겠습니다."

대통령이 부실기업 정리에 관여하면 정치 스캔들로 비화할 것을 우려한 끝에 한 건의였다. 그는 차관 등 결재 라인에 있던 재무부 간부들에게도 사인을 하지 말라고 지시했다. 전도유망한 후배들이 나중에 다치지 않도록 하려는 배려였다. 그래서 그 서류에는 그의 사인밖에 없다. 그의 회고록 제목이 『각하, 사인하지 마십시오』인 까닭이다.

정 전 부총리는 관운이 좋다는 소리를 들었다. 정작 그는 "관운이란 윗사람을 잘 만나는 것"이라고 했다. 그렇기에 최대의 관운을 열어준 사람은 전두환이었다고 나에게 털어놓았다. 재무부 임시 서기부터 시작한 직업 공무원으로서 정부를 선택할 수는 없는 노릇이었다.

편집장에서 잘린 뒤로 회사는 나에게 일절 보직을 맡기지 않았다. 나는 기사 쓰는 시니어 기자의 전범이 되겠다고 마음먹었다. 55세에 정년퇴직할 때까지 나는 경제전문기자, 편집위원, 경영전문기자로 있으면서 꾸준히 기사를 썼다. 단행본까지 내다본 기획을 해 몇 권의 책도 냈다. 어쩌면 그랬기에 퇴직 후 만 8년째 인터뷰 전문 프리랜서로 몇 곳에 기사를 쓰는지도 모른다.

훗날 이런저런 계제에 나는 동창회 등 다른 조직에서 리더를 맡았다. 그때마다 불온했기에 불운했던 최단명 편집장 경험을 돌아봤다. 자리에 연연하지 않았지만 내 자리를 지키는 데도 신경 썼다. 선배들과도 충실히 공유하고 긴밀히 소통하려 애썼다. 정무 감각은 여전히 떨어지지만 도덕적으로 접근하지 않고 정치력을 발휘하려 노력했다. 문제를 해결하기 위해 남의 도움도 받았다. 그래도 타고난 기질은 좀처럼 바뀌지 않았다.

성찰하지만 실패하는 학벌주의자

10년째 페이스북을 한다. 트위터를 하다 갈아탔다. SNS를 열심히 하는 사람들에게는 두 가지 욕구가 있다. 노출 욕구 내지는 과시욕과 관음증적 욕구이다. 나는 이 두 욕구 중 과시욕이 강한 사람이다. 그래서 남의 페이스북 담벼락에 별로 관심이 없다.

내가 페이스북을 하는 목적은 두 가지다. 우선 글 감각을 유지하기 위해서다. 직업적인 글쟁이로서 나는 페이스북 담벼락을 글쓰기 연습장으로 활용한다. 글이라고 해봤자 대부분 몇 줄짜리 잡문이다. 하지만 이 짧은 글엔 엄연히 나의 생각이 담긴다. 다음으로 내가 하는 직업적 일의 연장선상에서 비판 정신을 버리기 위해서다.

어쨌거나 나는 페이스북상에서는 환영받지 못하는 친구다. 페북 친구가 3,400여 명이지만 내 글에 '좋아요'를 누르는 사람은 많지 않다. 어쩌다 오프라인에서 내 페이스북을 잘 보고 있다고 하는 사람을 만날 때가 있다. 이들 중 상당수는 '좋아요' 한 번 누르지 않은 사람들이다. 눈팅만 하는, 말하자면 관음 욕구에 충실한 사람들이다.

나는 페북에서 친구 요청을 받으면 대개 수락한다. 이때 흔히, 무심히 상대방의 학력과 출신 학교를 본다. 그렇다고 친구 수락을 할 때 학력 및 출신 학교를 따지는 건 아니다. 그냥 나도 모르게 학력과 학벌에 시선이 간다. 길을 걷다 모르는 사람과 마주치면 얼굴로 시선이 향하는 것과 비슷하다고 할까? 학력과 학벌로 사람을 평가해선 안 된다고 생각하지만, 그냥 눈길이 간다. 이런 관성에 대해 반성적 성찰을 하지만, 결국 실패하고 마는 나는 별수 없는 학벌주의자다.

사실 학벌은 과거와 달리 약발도 별로 없다. 단적으로 지금은 어느 대학을 나와도 취업이 보장되지 않는 시대이다. 더욱이 대학에서 전수받은 지식의 유통 기간은 갈수록 짧아지고 있다. 대학 성적도 별 의미가 없다. 조현정 비트컴퓨터 회장은 대학의 졸업 학점은 변별력이 없다고 말했다. 수도권 대학 출신의 93%가 졸업 학점이 평균 B학점 이상이라고 귀띔했다. 조 회장은 청춘들이 취업을 하려 이른바 스펙을 쌓는 건 무모한 시도라고 못 박았다.

코로나19로 교회와 더불어 대학이 위기를 맞았다. 이미 세계 유수 대학의 좋은 강의를 온라인으로 수강할 수 있는 시대다. 스펙으로서의 학벌은 갈수록 빛이 바랠 것이다.

출신 학교에 눈길이 가는 건 58년 개띠가 취업할 때만 해도 학벌이라는 스펙이 먹혔기 때문이다. 사람은 대체로 자기 세대의 집단적 경험에서 자유로울 수 없다. 경제학자 우석훈 박사는 젊은 세대를 향해 "50대 이상이 맞는다고 하는 건 절대 하지 말라."고 강변했다. 30년 후의 잣대로는 이 세대가 하는 이야기가 틀릴 확률이 높기 때문이라고 했다. 그 예로 직업 선택과 관련한 조언, 집을 사야 하나 말아야 하나에 대한 훈수 등을 들었다. 우리 세대가 자식들에게 학벌을 강조하는 건 여전히 학벌이 먹힌다고 착각하기 때문이다. 학벌주의는 말하자면 가성비가 떨어지는 데도 여전히 찾는 단골 식당 같은 것이다.

내가 학벌주의자인 건 오래된 나의 학벌 콤플렉스와 무관치 않다. 이 열등감은 거의 극복한 듯하다가도 어쩌다 불쑥 고개를 든다. 나에겐 어쩌면 약도 없는 지병 같은 것이다. 어쩌겠는가? 사실 학벌 콤플렉스는 당사자의 학벌과 별 상관이 없다.

가끔 만나는 한 고교 동기는 요즘도 자신을 빼빼이 세대라며 대놓고 무시하는 학교 선배들이 있다고 한다. 하지만 시험 보고 학교 들어갔다고 '유세'하는 선배들은 대개 대학 학벌이 좋지 않다고 그는 말했다. 그래서 무시험 세대라고 무시하는 선배에게 "선배님은 어느 대학을 나왔느냐?"고 물으면 보통 입을 다문다고 했다. 학벌 유세는 학벌 콤플렉스와 동전의 양면 같은 것인지도 모른다.

직장인인 딸이 재수할 당시의 일이다. 재수 학원 담임이 부모를 호출했다. 우리 부부를 앉혀놓고 담임이 말했다.

"학교 선택에 아이가 부담을 느끼는 거 같습니다. 지금 서울의 웬만한 대학은 부모님 시절 명문대 갈 실력은 돼야 갈 수 있어요."

딸은 자신이 원한 대학은 아니었지만 대학 생활을 충실히 했다. 학교 공부도 단과대 밴드도 참 열심히 했다. 졸업 후에도 대학 동창들을 만나 밴드 연습을 한다. 보컬을 맡고 있다. 어느 날 딸이 동아리 친구들과 밴드 연습을 했다고 했을 때 나는 드라마 〈슬기로운 의사 생활〉의 채송화를 떠올렸다. 신경외과 부교수 채송화 역을 연기한 전미도는 뮤지컬 배우이다.

딸은 고등학교 다닐 때 아카펠라 동아리를 했다. 내가 고등학생 때 방송반에 빠져 살았듯이, 아이도 공부보다 동아리 활동을 더 열심히 하는 것 같았다.

일본 지역학을 전공한 아이는 재학 중 1년 휴학을 하고 IT 스타트업과 베트남 호찌민의 한 호텔에서 인턴을 했다. 호텔 일이라고 해봤자 인포메이션 데스크에서 안내하고 서빙도 하는 일이었다. 스타트업에서 일할 땐 업무가 많아 직장 근처에서 친구와 자취를 했다. 아이가 호텔에서 일할 때 아내와 호찌민으로 찾아갔다. 아이가 일하는 호텔에서 묵었고 아이가 야무지게 일하는 모습을 지켜봤다. 아이는 졸업 후 진로 문제로 고민하더니 원하는 대기업 종합 상사의 원하는 부문에 합격했다.

아이가 고등학생 때 "너는 왜 하고 싶은 게 없니?", "왜 되고 싶은 게 없니?" 하고 물은 일이 있다. 되고 싶은 게 없었어도 때가 되니 아이는 어엿한 직업인이 되어 있었다.

결국 내 생각이 보기 좋게 틀렸다. 기분 좋게 미끄러진 기분이다. 평생 학벌 콤플렉스를 벗지 못하는 학벌주의자 꼬리표를 떼지 못할지도 모르지만 출신 학교로, 학벌로 사람을 판단하지 않겠다고 새삼 다짐한다.

별수 없는
인종주의자

〈초대 받지 않은 손님〉. 1967년 만들어진 이 할리우드 영화는 흑인과 백인 간의 결혼을 다뤘다. 원제가 'Guess who's coming to dinner저녁 식사에 누가 올지 맞혀보라'이다. 아카데미 남우주연상을 두 번이나 탄 명배우 스펜서 트레이시가 연기한 주인공은 외동딸이 데려온 의사 사윗감을 보고 난감해한다. 흠 잡을 데 없는 남자이지만 흑인이기 때문이다. 그는 흑인에 대한 편견을 드러내지 않으면서 결혼을 막고 싶은 심정이다. 자유롭게 자라 주관이 뚜렷한 딸은 그런 줄도 모르고 즉흥적으로 저녁 식사에 손님을 초대한다. 누가 올지 알아맞혔는가? 바로 예비 시부모이다. 흑인인 그들 역시 백인 며느리가 탐탁지 않다. 양가 부모 사이에 이런저런 마찰이 빚어지고 딸은 부모 허락 없이 결혼을 하려 든다. 주인공은 결국 결혼은 당사자인 두 사람에게 맡길 수밖에 없다는 결론을 내린다. 마침내 양가 사람들은 유쾌하게 저녁 식사를 시작한다.

이 영화로 아카데미 여우주연상을 받은 엄마 역의 캐서린 헵번은 아카데미상을 네 번이나 받았다. 역대 최다 수상. 당시 스펜서 트레이시와는 불륜의 파트너 사이였다. 이 스크린의 여왕은 트레이시의 유작인 이 영화를 끝내 보지 않았다고 한다. 엄마를 빼다 박은 딸 역의 캐서린 호튼은 헵번 여동생의 딸이다.

나의 아이들도 결혼 적령기가 됐다(결혼 적령기라는 것도 실은 고정 관념이다). 일찍이 나는 우리 아이들 때는 어쩌면 결혼을 승낙해 달라는 게 아니라 어느 날 지나는 길에 들러 "우리 결혼했어요."라고 할지도 모른다고 생각했다. 상대가 흑인일 수도 있을 것이다. 그러면 초면의 흑인 사위(며느리)를 엉거주춤 끌어안고 "축하하네."라고 해야 하나? 할리우드 영화를 많이 본 탓인지도 모르겠다.

그렇다고 흑인이 아닌 다른 인종과의 결혼은 찬성하느냐 하면 그것도 아니다. 흑인 사위(며느리) 보기는 말하자면 나로서는 마지노선인 셈이다. 민족 간의 친밀도를 측정하는 보가더스의 사회적 거리 척도에서 가장 가까운 단계는 '결혼해 인척

관계를 맺는 것'이다. 나는 흑인들과는 그 전 단계인 '친구 관계를 맺는 것'까지만 원한다.

"Black lives matter."

나도 '흑인의 생명이 소중하다.'고 생각하고 아프리카계 미국인에 대한 미국 경찰의 잔인한 행동을 규탄한다. 흑인의 전형적인 특징들이 백인보다 못하다고 생각하지 않지만 '검은 것이 아름답다Black is beautiful'는 생각은 좀처럼 들지 않는다. 본래 검은색을 좋아하지도 않고, 검은색 옷은 거의 없다.

그러나 지난여름에 의정부고 학생들이 펼친 '관짝소년단' 패러디처럼 우리 청소년들이 흑인 분장을 하는 심리의 저변에는 일찍이 박노자 교수가 개념화한 한국인의 저열한 'GNP 인종주의(GDP 인종주의)'의 그림자가 드리워 있다(사회 비평가 박권일)는 지적에 수긍한다. GNP가 높은 선진국 출신 백인 앞에선 주눅 들고 상대적으로 못 사는 나라에서 온 사람들, 아시아계나 흑인들은 홀대하는 경향이 한국인은 유독 심하다는 것이다. 나 역시 거리에서 한국 여성이 흑인 연인과 같이 걸어가는 모습을 보면 왠지 심기가 불편해진다.

주한 영국대사관 등 영연방 국가 정부에서 30년간 일한 박영숙 (사)유엔미래포럼 한국 대표는 "우리나라 사람들은 인도인 등 아시아인에 대해서도 우리보다 피부가 검으면 무시하는 경향이 있다."고 말했다. 당사자의 지위와 관계없이 피부색이 상대적으로 진하면 우리보다 못사는 나라 출신일 거라고 단정한다는 것이다. 그는 교육과 방송 등 언론이 인종과 피부색에 대한 한국인의 이런 '오만과 편견'을 교정해 줘야 한다고 주장했다. 연합뉴스 보도에 따르면 한국에 온 지 6년 된 베트남 출신 김 모씨는 "코로나19 이후 외국인 차별이 심해졌다."며 "얼굴색이 어두운 흑인이나 동남아 출신 외국인에 대한 차별이 더 심한 거 같다."고 말했다.

다른 인종, 다른 민족의 사람과도 평소에 교류하고 부딪혀야 편견이 줄어든다. 5공화국 말에 경제 부총리를 지낸 고 정인용은 "우리나라는 세계화를, 아시아를 통해 실현해야 한다."고 했다. 그는 아시아 속의 한국인이라는 뜻으로 '코라시안'이란 조어를 만들어 썼다.

한국인이 단일 민족이라는 것은 하나의 이데올로기이다. 농촌 학교 교실의 절반 가까운 학생이 다문화 가정 출신인 요즘은 말할 것도 없고, 과거에도 우리는 문자 그대로의 단일 민족은 아니었다. 우리 속 GNP 인종주의는 후진국 출신과 유색 인종에 대한 편견을 강화해 또 하나의 소수자 차별과 배제로 나타나고 있다.

지금처럼 인종 차별 문제를 방치했다가는 다문화 가정 출신이 이 나라에서 2등 시민으로 전락할 수도 있겠다는 생각이다. 여성가족부가 3년 주기로 발표하는 '다문화 가족 실태 조사' 2018년 자료에 따르면 '차별을 받거나 무시당한 경험이 있다.'고 답한 다문화 가정 2세는 9.2%로 3년 전보다 2.3% 포인트 늘었다. 차별한 사람들은 친구(64.0%), 고용주·직장 동료(28.1%) 순이었다.

탈북자도 마찬가지다. 남북통일은 요원하지만 이 문제에 제대로 대처하지 못하면 통일이 돼도 사실상 두 국민의 동거 체제가 될지 모른다.

지속적으로 노력해야 겸손에 도달하는 사람

단상에 오른 그의 양복 상의 가슴엔 노란 은행잎이 꽂혀 있었다. 마치 한 송이 국화처럼, 노란 행커치프처럼. 그는 조금 일찍 도착해 교정을 거닐다 이 낙엽을 주웠다고 말했다. 송웅순. 그는 이날 서울고 동문들의 음악 축제인 '인왕음악제'에 차기 동창회장 자격으로 참석해 스피치를 했다. 나는 인터미션에 강당 로비에서 마주친 그와 인사를 나눴다. 고교 6년 선배인 그는 법무 법인 세종의 대표 변호사였다. 나는 동문 멘토 자격으로 재학생 멘티와 함께 이날 행사에 참석했다. 4년 전 일이다.

나는 고교 시절 미국에 있는 학교 선배들이 조성하는 재미

동포 장학금을 받았다. 입학 당시 성적이 괜찮았기 때문이었다. 방송반 한답시고 방송실에서 살다시피 해 졸업 성적은 시원치 않았다. 그 시절엔 '나도 나중에 후배들을 위해 장학금 좀 내면 되지.' 생각했다. 그런데 박봉의 기자 생활을 하다 정년퇴직을 하고 보니 언감생심이었다. 그러다 모교의 동문 멘토링 프로그램에 멘토로 참여했다. 일종의 시간 기부였다.

그러나 좋은 취지의 이 프로그램은 나름의 한계가 있었다. 성적을 기준으로 멘티를 선발하다 보니 정작 멘토링이 필요한 아이들이 소외됐다. 동문 멘토링 프로그램 참여가 대학 진학에 도움이 되는 스펙이 되어버린 탓이었다. 이런 상황에서는 멘티 선발 과정에서 학교가 객관적인 자료인 성적을 기준으로 삼을 수밖에 없었다. 그 결과 동문 멘토링을 받지 않아도 자력으로 대학에 진학할 수 있는 아이들에게 이 프로그램이 사실상 대입 가산점 격의 스펙을 제공하는 구실을 했다. 멘토링이라는 자원마저 성적 우수자들이 과점하는 현실이 안타까웠다.

"인생은 덧없이 아름답고, 태양도 지금보다 뜨겁게 타오르고 있었다오. ……추억과 회한도 또한 그 고엽과 같다는 것을……. 북풍은 그것을 차가운 망각의 밤 속으로 실어 간다오." — 이브 몽탕이 부른 노래, 「고엽枯葉·Autumn leaves」

나는 고엽을 행커치프로 활용할 줄 아는 송웅순 선배에게 이메일을 보냈다. 멘티를 선발하는 기존 트랙 외에 성적과 무관하게 멘티를 선발하는 트랙, 말하자면 공부 못하고 말썽도 좀 부리는 아이들을 대상으로 하는 제2의 트랙이 있어야 한다고 적었다. 송 선배는 이 제안을 수용하는 한편 나더러 기존에 발행해 온 계간 동창회지와 더불어 새로 창간할 월간 이메일 뉴스레터의 제작을 담당할 동창회 편집인을 맡으라고 제안했다. 우리는 이렇게 의기투합해 해외의 동문들도 실시간으로 받아보는 이메일 뉴스레터를 선보였고, 동문 멘토링 프로그램에 대해서도 혁신의 초석을 놓았다.

송 선배는 동창회장 재임 시 내가 쓴 멘토링 책 『너답게 살아갈 너에게-위로 아닌 직설로 응원하는 20대의 홀로서기』를 졸업생들에게 한 권씩 선물했다. 이 책엔 모교 선배 세 사람—보수 이론가이자 경세가였던 고 박세일 서울대 명예 교수, 송호근 포항공대 석좌교수, 유진룡 전 문화체육부 장관—의 지상 멘토링이 실렸다. 앞서 이 책을 쓰기 위해 나는 40명의 명사와 인터뷰했다. 이들에게 질문을 던지기 위해 고교생, 대학생, 취업 준비생들에게서 질문과 고민거리를 취합했다. 고교생이었던 나의 동문 멘티는 이런 질문을 보내 왔다.

"우리나라 고등학생들의 가장 큰 고민은 성적 그리고 대학 진학일 것입니다. 잘하는 아이들은 명문대 진학을 위해, 못하는 아이들도 자기에게 맞는 대학을 찾으면서 나름 고민하고 노력합니다. 대학은 인생에서 어떤 의미가 있나요? 좋은 대학에 진학하는 게 성공의 지름길일까요?"

나는 이 질문을 당시 서울대 사회학과 교수로 있던 송호근 교수에게 던졌다. 그는 대학이 실용적인 기관이 돼버렸지만 과거 사회를 맑게 하는 정화기의 구실을 했고, 대학에 가면 이 자유로운 유예 기간 동안 시민 사회의 일원으로서 시민성을 함양하라고 권했다.

동창회 일을 하는 동안 나는 송웅순 선배가 선후배들을 다독여 원만하게 문제를 푸는 것을 지켜봤다. 이순을 넘기고도 혈기를 잘 못 다스리는 나는 그 모습을 보고 "변호사에게서 한 수 배웠다."고 말했다.

선배가 동창회장을 퇴임할 때 뉴스레터에 싣기 위해 그와 인터뷰를 했다. 그는 대입 예비고사에서 전국 10등 안에 들어 신문에 이름이 실린 수재였다. 서울대 법대를 졸업했지만 사법시험에는 늦게 패스했다. 늦은 나이에 사병으로 입대할 땐 열아홉에 만난 부인이 눈물로 환송했다고 한다. 등에 업힌 첫아이는 방끗 웃으며 바이바이를 했다. 그는 비자발적인 노병(?) 생활이 천생 범생이인 자신의 성장에 큰 도움이 됐다고 말했다.

우리 나이로 서른에 사법 시험에 합격한 그는 로펌을 거쳐 삼성그룹 법무실장을 지냈다. 그때부터 그는 수첩에 메모를 했는데 그렇게 틈틈이 적은 수첩이 해마다 10권에 이른다. 그중에 한 가지는 이런 내용이다.

"머리로 아는 것, 가슴으로 아는 것, 근육으로 아는 것이 다 다르다."

그는 이렇게 덧붙였다.

"머리에 머무는 건 단지 지식일 뿐이고 공감을 할 때 비로소 가슴으로 알게 되죠. 그런데 스스로 근육을 움직여 행동으로 옮기는, 딱 그만큼이 바로 나입니다."

그는 산곡이라는 곳에서 고시 공부 할 때의 일화를 들려줬다

버스를 탔는데 술 취한 남자 둘이 젊은 여자 차장의 뺨을 계속 때렸다. 차장이 취객에게 버스 요금을 달라고 한 게 화근이었다. 다들 못 본 척 고개를 숙이고 있었다. 심지어 버스 기사도 이 부당한 폭력을 외면했다. 그는 덩달아 외면한 자신이 비겁하다는 생각이 들었다. 순간 일어나 양팔로 두 남자의 머리를 감은 채 버스 계단에 주저앉았다. 젊은 날 스스로 근육을 움직여 이들을 제압해 경찰에 넘긴 행동이 늦깎이 고시생이었던 자신을 고양시켰다고 그는 덧붙였다.

살아오면서 나는 많은 은사들을 만났다. 숱한 선배들을 겪었다. 취재를 하느라 사회 각 분야의 내로라할 만한 인사들도 적잖이 만났다. 동창회 일을 하면서 만난 한 선배는 후배들 앞에서 나더러 무릎을 꿇으라고 했다. 선배의 권위로 포장해 부당

하게 문제를 해결하려 들었다. 못된 기질이 발동해 되로 받은 모욕을 말로 갚았고 그 선배가 결국 동창회 일에서 손을 뗐다.

조직 생활을 하는 동안에도 상사에게 좀처럼 머리가 숙여지지 않았다. 그래서 괜찮은 상사에게서도 더 배우지 못했다.

정문술 전 미래산업 사장은 미래산업을 창업해 2000년 국내 최초로 미국 나스닥에 상장했고 이듬해 예순셋에 은퇴했다. 경영권은 직원들에게 넘겼고 한국과학기술원KAIST에 300억 원의 재산을 기부했다. 그 후 국민은행 이사회 의장과 KAIST 이사장을 지냈다. 아쉬울 것 없어 보이는 그가 인터뷰 때 뜻밖에 자식에게는 "예스맨이 돼라."고 가르쳤다고 말했다.

돌이켜 보면 나는 그러지 못했다. 리더가 리더다울 땐 팔로어십을 발휘했지만 그렇지 않을 땐 까칠하기 짝이 없었다. 한때 가까웠던 회사 선배는 그런 나를 "콩나물 팔아 카바레 간다."고 평했다. 근근이 콩나물 팔아 모은 돈을 카바레에 가 탕진하듯이, 평소 착실히 득점해 쌓은 평판을 원샷 하듯 까먹는다는 것이다. 정의가 하수같이, 공법이 물같이 흐르는 세상을 꿈꾸더라도 그렇게 격렬하게 상사와 부딪힐 일은 아니었다. 소크라테스는 정의를 인간의 선한 본성이라고 했지만 조직이 굴러가려면 화이부동해야 할 때도 있었다.

무엇보다 내가 겸손하지 않은 탓이었다. 나는 지속적으로 노력해야 고작 평균적인 겸손에 도달하는 사람이다. 그래서 정말 겸손한 사람을 보면 절로 고개가 숙여진다. 내가 못 갖추었기에 더 커 보이는지도 모른다. 어쨌거나 감사는 매직이고, 겸손은 무적이다.

진보적 노인은 일종의 소수자

마라톤 마니아였던 회사 선배는 세상에 두 종류의 인간이 있다고 말했다. 마라톤을 하는 인간과 마라톤을 하지 않는 인간. 나이 들어 꼰대가 되지 않는 사람은 없다. 꼰대가 되느냐, 왕꼰대가 되느냐 그것이 문제일 뿐이다. 꼰대는 "라테 이즈 홀스 Latte is horse", 즉 "나 때는 말이야"라고 말한다. 왕꼰대는 "왕년에 말이야"를 외친다.

우리 집은 다섯 식구다. 가족 카톡방은 여섯 개다. 당연히 용도가 다 다르다. 사용 빈도도 다르다. 정년퇴직 후 장년 인턴을 하게 됐을 때 나는 딸·아들과의 톡방에 "아빠가 인턴을 하게 됐다."고 올렸다. 아이들로서는 짠했을지도 모른다. 원격으로 데스크를 보고 1주일에 하루는 기자들 교육을 한 이 인턴 일은 3개월 만에 끝났다. 아내, 해외에 근무하는 딸과의 세 명 톡방에는 우리집 고양이 온유의 동영상을 자주 올렸다. 온유가 딸의 남자 친구 집으로 떠나기 전 고양이를 사랑하는 객지의 딸을 위한 서비스였다.

스마트폰을 끼고 사시는 80대 후반의 나의 아버지는 톡 헤비 유저다. 여러 번 말씀드려 요즘은 여기저기서 받은 글과 이미지를 가족 톡방에 공유하시는 일을 중단했다. 내가 좋으면 남들도 좋겠거니 하는 게 꼰대의 대표적인 특성이다.

기자 시절 나는 블로그의 비공개 폴더와 메일함에서 일했다. 요즘은 주로 톡방에서 일한다. 메일함은 하루에 한두 번 열어 본다. '나에게 보내는 톡'은 이동 중에 특히 유용한 메모장이다. 강의하러 가는 지하철 안에서 주로 애용한다. 몇 년 전에 부부학교 스태프를 할 땐 조장들 톡방에 이렇게 '톡방의 원칙'을 제안한 일이 있다.

1. 글은 올리고 싶을 때(올릴 수 있을 때) 올리고, 각자 알아서 읽고 싶을 때(읽을 수 있을 때) 읽는다. 낄끼빠빠가 아니라 올올읽읽.

2. '일하는 톡방'인 만큼 하루에 한 번은 꼭 방문해 읽는다.

3. 올라온 글에 대해 형편이 되는 대로 반응한다. 악플보다

무서운 건 무플. ㅋ

4. 모든 소통과 공유는 범위가 적절(타당)해야 한다.

모교에서 대학 동문인 언론계 동료 아홉과 팀 티칭을 하는 '윤상삼기념강좌'를 꾸리기 위해 만든 강사진 톡방엔 얼마 전 이렇게 올렸다.

"'돼지 백 마리 몰기보다 기자 열 명 데리고 가는 게 더 힘들다.'는 이 바닥 속설이 있습니다. ㅎ 이 강좌는 동문 언론인 열 사람의 팀 티칭입니다. 자기소개 부탁드립니다. 팀워크를 위한 최소한의 스킨십입니다."

지난해 나는 몇몇 톡방에서 나왔다. 그랬다가 다시 초대해 복귀하기도 했다. 지난해 말엔 두 번째로 대학 동기들 톡방에서 퇴거했다. 조국, 추미애, 윤미향 등을 비아냥거리는 동기의 펌글이 불편해 이런 거 올리지 말라고 한마디 한 게 발단이었다. "내가 웃자고 하면 남도 웃겠거니 하는 게 꼰대의 특징, 누군가에겐 폭력"이라고 하자 다른 동기가 "유머를 모르는 좀생이"라고 받았다. 설사 소수라 하더라도 누군가 불편해할 글은 올리지 말라는 게 취지였다. 유머는 대화에 참여한 사람들이 더불어 즐길 수 있는 것이라야 한다.

또 다른 동기는 나에게 불편해도 못 본 척 넘어가는 대범함을 보여 달라고 주문했다. 집행부의 입장을 들어보겠다고 했지만 관여할 생각이 없는 듯해 내가 나왔다.

내 또래는 대부분 보수다. 그런 의미에서 진보적 노인은 동년배들 사이에서 소수자다. 2018년 한국갤럽은 전년도에 실시한 서베이를 토대로 연령대별 정치 성향을 파악한 결과 54세부터 보수 성향이 진보를 역전했다고 밝혔다. 보수적 노인과 만났을 때 나는 더러 무색무취한 듯 굴기도 한다. 일종의 보호색이다.

보수가 소수자인 톡방에서 역으로 진보가 보수를 소외시켰다면 나는 어떻게 처신했을까? 가정의 상황이라 잘 모르겠다. 그래도 이념적 소수자가 위축되지 않도록 배려했을 것 같다.

"당신의 의견에 동의하지 않지만 당신이 그렇게 말할 권리를 위해 싸우겠다."

프랑스의 계몽 사상가 볼테르가 했다고 전해지는 이 말은 실은 누구 말인지 불확실하다. 심지어 나중에 만들어진 말이라고 한다.

3

현역으로, 신발을 신은 채 죽고 싶다

신발을 신은 채
죽고 싶다

나는 평생 언어 노동자로 살았다. 기자 및 기자 지망생들에게 글쓰기를 가르치지만 나의 정체성은 직업적인 글쟁이다. 프리랜서 기자로서 기사를 쓰니 여전히 현역이다.

페이스북은 나의 글쓰기 연습장이다. 글이라고 해야 대부분 몇 줄짜리 잡문이다. 자기 생각을 견고하게 만들고 다듬는 데는 글쓰기만 한 게 없다.

"글이란 다듬어진 생각이다."(스티븐 킹)

페이스북에서 '#이필재의실전글쓰기'와 '#이필재의공공메시지손보기'란 해시태그를 달고 남이 쓴 글에 대해 수시로, 무시로 지적질도 한다. 약도 없는 거의 난치병 수준의 직업병이다. 어느 대학교수가 댓글 달기가 조심스럽다고 댓글을 달아 댓글에 대해서는 시비를 걸지 않는다고 대댓글을 단 적도 있다. 주로 미디어에 실린 글에 대해 이런저런 지적을 하는데, 글쓰기 실력을 키우는 데는 남의 글 흠잡기만 한 게 없다. 모든 라이팅은 리라이팅이다.

전기보 행복한은퇴연구소장 겸 술빚는전가네 대표는 교보생명 상무 출신이다. 마흔아홉에 늦깎이로 국제 경영을 전공해 박사 학위를 받았고, 국제 공인 재무설계사CFP 자격증도 땄다. 동기생 중 1호로 '별'을 달았지만 그는 타의로 회사를 그만둬야 했다. 50대 후반에 양조장 '술빚는전가네'를 차렸다. 자신이 빚은 가양주집에서 빚은 술를 팔아보려 경기도 포천 산정호수 자락에 있는 양조장 건너편에 주막을 함께 열었다. 라면밖에 끓일 줄 몰랐지만 안주를 만들기 위해 8개월 만에 한식·일식에 사찰 음식 만드는 법을 배웠다. 그가 한창 잘나가던 시절, 미국에서 열린 한 컨퍼런스에 참석했을 때의 일이다. 기조 연설자가 "언젠가 신발을 신은 채로 죽고 싶다."고 말했다. 나와 동갑인 그는 인터뷰 때 이렇게 털어놓았다.

"사람들은 흔히 투병을 하다 쓸쓸히 생을 마감하는 상상을 합니다. 눈을 감는 장소로는 대개 양로원, 병원, 고향 집 같은 곳을 떠올리죠. 그날 이후 나도 좋아하는 일을 하다 현장에서 신발을 신은 채 죽기로 마음먹었습니다."

강원도 정무부지사를 지낸 조관일 창의경영연구소 대표는 지금까지 52권의 책을 냈다. 주로 자기 계발서다. 그는 유튜브에서 '직장인 자기 계발 채널'인 〈조관일 TV〉를 운영한다. 구독자 수는 18만 4,000명, 자기 계발 분야에서 최고의 유튜버가 되는 게 목표다. 2년 전 만났을 때 그는 52권의 저서를 유튜브용 강의로 만들면 20년은 강의를 할 수 있다고 말했다. 20년 후면 그의 나이 아흔이다.

"85세에 독특한 노인이 되겠다는 목표를 세웠습니다. 나이가 들면 꿈은 사라지고 목표만 남아요. 뭘 하든 세끼 밥이야 먹겠지만 사람은 살아가는 목표가 있어야 해요. 자기 의지로 태어난 건 아니지만 자기 세계를 구축하고 나의 역사를 써야죠."

현대 경영학의 창시자로 칭송받는 피터 드러커는 96세에 영면했다. 69세에 자서전을 냈고 그 후로도 근 아흔 살까지 한 세대 더 현역으로 살았다. 세계적인 석학인 그에게 사람들은 "그동안 쓴 책 가운데 어느 것을 최고로 꼽느냐?"고 물었다. 그때마다 그는 웃으면서 답했다.

"다음에 나올 책이죠."

이렇게 말할 때 그는 이탈리아의 오페라 작곡가 베르디를 떠올렸다고 한다. 여든여덟에 눈을 감은 베르디는 여든이 되어서도 늘 자신을 피해 달아나는 완벽을 추구하며 오페라를 작곡했다고 한다.

김형석 연세대 명예 교수가 97세에 펴낸 책 『백년을 살아보니』는 출판 불황에도 15만 권이 팔렸다. 98세 땐 연간 165회의 강연을 소화했다. 2년여 전 인터뷰 때 그는 여러 사람을 거명했다. 1970~80년대 그와 함께 철학계 삼총사로 불린 안병욱 숭실대 교수, 김태길 서울대 교수 이야기도 했다. 아흔을 전후해 세상을 떠난 두 사람은 공교롭게도 그와 갑장이다. 김형석 교수는 고령에도 사람들 이름을 줄소환하는 데 막힘이 없었다. "항상 문제의식을 갖고 살다 보면 기억력을 유지하게 된다."고 그가 말했다. 버킷 리스트가 뭐냐고 물었다.

"지금 하는 집필과 강연을 죽을 때까지 하는 겁니다."

나도 현장에서 신발을 신은 채 눈감고 싶다. 직업적인 글쟁이에겐 현장이라고 해봤자 책상머리이다.

방탕중년단으로 살아가기

오팔OPAL 세대. 보석 오팔을 연상시키는 이 말은 활기찬 2막 인생을 사는 5060 신노년층Old People with Active Lives을 가리키는 조어이다. 시간이 있고 구매력도 갖춰 돈과 시간을 아끼지 않기에 새로운 소비층으로 부상 중이라고 한다. 공교롭게도 오팔 세대의 오팔은 '58년 개띠'의 오팔과 발음이 같다. 58년 개띠 또래이기도 하다. 트렌드 연구가인 김난도 서울대 소비자학과 교수는 '2020 10대 트렌드'로 오팔 세대iridescent OPAL를 꼽았다. 보는 각도에 따라 색깔이 변하는 팔색조 시니어랄까?

영국 이코노미스트는 '2020 세계 경제 대전망'에서 욜드

Young Old·젊은 노인의 전성시대가 왔다고 선언했다. 이들 욜드의 선택이 앞으로 소비재, 서비스, 금융 시장을 뒤흔들 것이라고 전망했다.

오팔 세대는 과거 같은 나이의 세대에 비해 재취업에 열정적이고 '나를 위한 소비'를 하는 경향이 뚜렷하다고 한다. 또 소셜 미디어를 활발하게 활용한다. 중앙일보가 '반퇴 시대'란 말을 만들어냈지만 오팔 세대가 재취업에 적극적인 건 노후 자금, 생활비 마련을 위해 완전한 은퇴를 할 수 없기 때문이기도 하다.

3년여 전 나는 관훈저널의 '언론인도 반퇴 시대'라는 기획에 참여해 기고를 한 일이 있다. 관훈저널은 중견 언론인들의 연구·친목 단체인 관훈클럽이 발행하는 언론 전문 계간지다. 나로서는 신문사 정년퇴직 후 4년간 어떻게 살았는지 정리해 볼 기회였다.

그해 봄, 나는 신문사 후배가 창업한 인터넷 매체에서 데스크 보는 일을 3개월간 했다. 말이 데스크이지 신분은 장년 인턴이었다. 기자는 정규직, 데스크는 비정규직 인턴인 현실은 이 시대의 한 단면이다. 그 무렵에 모교에서 맡았던 한국언론진흥재단 초빙 교수를 임기 만료로 그만뒀는데, 후배가 제안한 페이는 공교롭게도 초빙 교수 급여와 같았다. 기독교 신자인 나로서는 이 우연에 종교적인 의미를 부여했다.

장년 인턴을 하려 나는 경기도에 가서 꼬박 하루 동안 교육을 받았다. 내 책 세 권을 펴냈고 몇 년째 4대 보험을 해결해 주던 출판사의 사장에게는 이참에 '독립'을 하겠다고 선언했다. 인턴을 하는 회사에서 4대 보험을 의무적으로 처리해야 했기 때문이다. 나에게 2년간 선인세를 지급한 출판사였다.

최장 9개월은 할 수 있다던 장년 인턴 일은 그러나 3개월 만에 끝났다. 있는 곳에서 원격으로 데스크를 보고 1주일에 하루, 기자들 교육을 하기로 근로 조건에 합의했는데, 장년 인턴이 알고 보니 풀타임 잡이었기 때문이다. 대표는 자신도 점검을 나온 관계자의 말을 듣고서야 알게 됐다고 했다.

신문사 퇴직 후 지난 7년여간 나는 생계형 비정규직으로 살았다. 주 수입은 원고료와 강의료이다. 이 두 사례금은 어디나 대체로 박하다. 도처에 이 돈을 지급하는 이른바 '갑'이 있지만, 정규직 시절과 달리 퇴직 후 내 사전에 절대 갑은 없다. 지난해 봄부터는 신문사 후배가 차린 홍보 대행사에 고문으로 주 1회 출근한다. 더 이상 가입 대상자가 아닌 국민연금을 제외한 보험도 여기서 해결한다. 정년퇴직 후 나는 단 하루도 쉬지 않았다. 그동안 실업 급여를 신청한 일도 없다. 실업 급여를 받는 것이 당당하지 않은 건 아니지만 '공식 실업자'라는 사실을 나는 받아들이고 싶지 않았다.

기자들은 퇴직 후 안전망이 전무하다시피하다. 한국기자협회가 오래전 기자 연금을 만들어보려 했지만 불발했다. 내가 인터뷰 기사를 기고하고 원고료를 받는 미래에셋투자와연금센터의 카운터파트는 나를 작가라고 부르지만 나의 정체성은 여전히 기자이다. 프리랜서 기자.

한국잡지협회 산하 한국잡지교육원, 언론진흥재단 미디어교육원, 모교 등에 출강하고 기업, 공공 기관 강의도 한다. 코로나19 탓에 중단됐지만, 국내 유일의 민간 교도소인 소망교도소에 신입 재소자들을 대상으로 재능 기부 강의도 하러 간다.

나의 인생 2막 포트폴리오엔 이렇듯 '돈이 되지 않는 일'이 포함돼 있다. 2년간 내가 나온 고등학교 총동창회 계간지 및 뉴스레터 편집인을 맡았었고, 대학 학과 총동문회 집행부에 참여해 후배들과 윤상삼기자상, 윤상삼장학금, 윤상삼기념강좌를 만들었다. 윤상삼은 1987년 6월 항쟁의 도화선이 된 박종철 고문치사·은폐 조작 사건을 보도한 동아일보 사회부 기자이다. 이후 동아일보 도쿄 특파원으로 재직 중 과로사했다. 영화 〈1987〉에서 이희준이 연기한 기자.

프리랜서란 사실상 1인 기업가다. 몇 년 전 인터뷰차 만난 홍순성 1인기업협동조합 이사장은 "베이비 부머에게 1인 기업가의 길은 선택이 아닌 필수"라고 말했다. 정년은 연장됐지만 아무래도 70세까지 일해야 한다면 대부분의 퇴직 기자들이 가야 할 길이다.

7년여 전 퇴직을 앞두고 나는 회사 선배들에게 이메일로 퇴직 인사를 대신했다. 그때 세컨드 라이프를 인물 스토리텔러로 살겠다고 선언했다.

통계청장, 국제통화기금 상임 이사를 지낸 오종남 SC제일은행 이사회 의장은 인생 2막 무대의 성공은 "사람들이 또 만나고 싶어 하는 사람이 되는 것"이라고 말한다. 그러려면 주변 사람들 입장에서 '나를 위해 손해 보는 사람'이 되어야 한다고 주장한다. 자신이야말로 가장 이기적인 사람이라고 강변하는 오 의장은 자신의 경험을 바탕으로 "친구에게서 평생 나한테 밥 산 사람이라는 평판을 얻으면 언젠가 그 친구가 단 한 번에 그 빚을 갚을 수도 있다."고 말했다. 나의 인생 2막 롤 모델이기도 한 그의 말마따나 세상에 공짜 점심은 없다. 비밀도 없다. 오 의장을 인터뷰하기 몇 년 전, 나는 모교 언론홍보대학원 최고위 과정에서 그의 강의를 들을 기회가 있었다. 당시 그는 흔히 '낀 세대'로 통하는 오팔 세대를 '말초末初 세대'라고 불렀다. 부모를 부양하는 마지막 세대이자 자식으로부터 부양을 기대할 수 없는 첫 세대라는 의미였다. 지금 내가 딱 그렇다. 그날 그는 조상들이 말하는 인생의 3대 실패 중 청년 출세, 중년 상처喪妻에 대해서는 이론이 있지만 나이 들어 무일푼이 되는 노년 무전無錢-노인 빈곤이 인생 실패라는 데는 이견이 없다고 주장했다. 준비되지 않은 노년은 축복이 아니라 악몽이라는 것이다.

그가 꼽은 말초 세대 3대 바보도 인상적이었다. 손자·손녀 봐주느라 스케줄 변경하는 사람, 자식에게 재산 물려주고 용돈 타 쓰는 사람, 출가한 자식이 방문했을 때 자고 갈 방이 필요하다고 집 늘려 가는 사람. 말초 세대가 빠질 수 있는 3대 착각이다. 두 아이가 독립한 후 나름 새삼 실감하는 노년에 필요한 지혜이다.

지난해 여름에 첫 국민연금을 받으면서 나는 오 의장처럼 기회 있을 때마다 밥 사는 사람이 되기로 마음먹었다. 그 후 아내와 함께 강원도 춘천을 찾아 생일을 앞둔 처제 식구들에게 밥을 샀다. 우리는 분위기 좋은 춘천의 찻집 신북커피로 자리를 옮겨 대학생인 처조카까지 다섯이서 오붓한 시간을 보냈다.

나는 기자 및 기자 지망생들에게 강의할 때 지속적으로 교류할 만한 취재원에게 밥을 사라고 말한다. 기자도 밥을 살 수 있다는 것을 몸으로 보여주라고 권한다. 박봉인 탓에 비싼 밥은 못 사더라도 확실하게 자신의 이름을 취재원에게 입력할 수 있다. 기자는 좀처럼 밥을 사지 않는 집단이기 때문이다.

오래전 언론계에 회자된 이야기가 있다. '밥값은 누가 낼

까?' 믿거나 말거나, 기자와 형사, 세무서 직원 셋이서 밥을 먹었다. 대표적으로 자기가 먹은 밥값을 내지 않는 직종들이다. 밥값은 누가 냈을까? 정답은 식당 주인이다.

첫 국민연금을 받은 후 아내와 나는 딸·아들을 경기도 별내의 집으로 불러 아버지까지 다섯이 외식을 했다. 식사 후 아이들이 어렸을 때 자주 간 아웃렛에 가 선물을 하나씩 샀다. 나는 딸이 고구마 껍질 같다고 말리는 버건디색 재킷을 장만했다. 첫 국민연금을, 요즘 애들 말로 이렇게 '탕진'하다시피 했다.

젊은 날부터 나는 맥주 마니아였다. 맥주의 첫 모금은 무엇과도 바꾸지 않는다고 노래를 했다. 1979년 여름, 공군 훈련병 시절에 훈련소를 벗어나 처음 먹은(?) 음식도 맥주였다. 반면 소주는 40여 년을 마셨지만 여전히 첫 잔이 역하다. 소주의 도수가 낮아져 역함의 정도가 약해졌을 뿐이다. 내게 통풍이 생긴 것도 맥주 애호가였기 때문인지 모른다.

와인 레스토랑 글루뱅의 장홍 대표는 "주종을 와인으로 바꾸면 술자리의 분위기가 달라진다."고 주장한다. 유학 시절 이래 20여 년간 프랑스에 체류하는 동안 유럽의 와이너리 3,000여 곳을 투어한 이 와인 애호가는 "1주일에 한 번 부부가 와인잔을 부딪치면 늦둥이가 생길 수도 있다."고 강변했다.

"와인 잔은 가득 채우지 않아요. 자리가 무르익고 와인 병이 차츰 비어 갈 때 그 빈 공간을 상상으로 채우게 되죠."

맥주가 맞지 않는 아내의 제안으로 나는 요즘 아내와 와인 잔을 부딪친다. 목사의 딸인 아내는 남은 인생은 방종하는 삶을 살아보자고 한다. 오랫동안 갇혀 있던 보수적인 신앙, 엄숙주의적인 경건 또는 경건의 모양을 벗어버리고 싶다는 희망 사항이다.

나는 언젠가 두 식구가 되면 아내를 주방에서 '해방'하겠노라고 선언했다. 오전 느지막이 별내 카페 거리에 나가 브런치를 먹고, 늦은 오후에 가성비 높은 맛집을 검색해 저녁을 해결한 후 귀가해 와인 한잔하면 요리도 설거지도 할 필요 없다. 사실 요리를 제외한 집안일은 힘들고 빛은 안 나는 허드렛일이다.

빨래는 오래전부터 내 일이었고, 아내는 청소만 하면 된다. 기자 시절 해외 출장을 가면 우리 아이들은 아빠의 선물이 아니라 빨래 담당을 기다렸다. 1년여 전 겨울 별내로 이사하면서 건조기를 장만하니 빨래라고 해봤자 세탁기, 건조기 순으로 돌린 후 개기만 하면 된다.

2015년 유엔은 평생 연령 기준을 대폭 높여 파격적인 제안을 내놓았다. 18~65세를 청년, 66~79세를 중년이라고 규정한 것이다. 노년은 80~99세, 100세 이상을 장수 노인으로 분류했다. 아내와 나는 '방탕중년단'을 만들기로 의기투합했다.

BTS방탄소년단의 패러디. 방종과 탕진을 키워드로 하는, 우기면 중년의 삶이다.

아이들과
각자도생합니다

1960~70년대 우리나라 고도성장의 핵심 요인으로 학자들은 경자유전耕者有田의 원칙을 실현한 이승만의 토지 개혁을 꼽는다. 당시 남한 인구의 70%는 농민이고 그중 60%가 소작농이었다. 이들을 정치 기반으로 삼기 위해 초대 대통령 이승만은 사회주의자 조봉암을 초대 농림부 장관에 기용했다. 조봉암은 지주 세력을 압박해 소작농에게 농지를 유상 분배하는 토지 개혁을 밀어붙였다. 농민들은 높은 소작료의 부담에서 벗어나 삶이 안정됐다. 경제적 안정은 교육 수준 향상으로 이어졌고 '개천에서 용이 나는' 계층 이동이 시작됐다. 반면 북한은 말만 무

상 분배일 뿐 농민에게 경작권만 줘 이들을 소작료 대신 높은 현물세를 내는 국가의 소작농으로 전락시켰다.

큰아이가 대학에 진학할 무렵 나는 정년퇴직을 바라보고 있었다. 젊었을 땐 무심했지만 55세 정년은 너무 일렀다. 자녀의 대학 등록금을 회사에서 지원했기에 웬만하면 아이가 재수하지 않기를 바랐다. 아이는 재수를 했고, 내가 퇴직한 후에는 학자금 융자를 받아 대학을 다녔다. 남은 융자금을 아이는 지난해 회사에서 받은 포상금으로 청산했다. ROTC를 한 둘째는 지금 중위로 복무하는데 월급으로 융자금을 갚고 있다.

한국잡지교육원에서 내가 기자 지망생들에게 "우리는 언어 노동자다."라고 했더니 한 원생이 매일 작성하는 러닝 리뷰에 "사실 그는 언어 부르주아다."라고 남겼다. 프리랜서 기자가 자본가일 리 만무하니 내가 중산층 내지는 기득권층이라는 이야기가 아닐까 싶다. 취업 준비생보다야 형편이 낫지만 자산은 물론이고 수입 면에서도 나는 안정적이지 않다. 조직 생활에서 벗어나 고용주라는 '절대 갑'은 사라졌지만 우기면 도처에 갑이다. 그래도 할 만한 건 갑도 자를 수 있는 당당한 을이기 때문이다. 덜 먹고살겠다고 마음먹으면 사실 두려울 게 없다.

지난해 나는 경기 별내로 이사했다. 병이 난 아버지와 합치면서 전세로 옮긴 지 6년 만에 집 장만을 하기 위해서였다. 서울보다 녹지가 많아 별내에서의 삶의 질이 떨어진다고 생각지 않지만 서울이 고향이기에 마치 밀려난 듯했다.

서울의 젊은 세대는 월급을 그대로 모아도 이제 내 집 마련이 거의 불가능하다. 어쩌다 이 나라는 아이들이 건물주를 꿈꾸는 사회가 됐다. 세입자가 수입의 절반을 주거비로 지출해야 한다면 해방 당시의 소작농 신세와 다를 게 없다. 이런 자산 불평등을 해소하려면 토지 개혁에 준하는 특단의 정책을 써야 한다. 아니 정책의 기조를 전환해야 한다. 살고 있는 아파트의 안전성이 D등급을 받았다고 주민들이 경축 플래카드를 거는 나라는 가치가 전도된 사회다. 계층 이동의 사다리는 이미 끊기다시피 했다. 좌우를 가리지 않고 기득권층은 능력 만능주의에 중독돼 있다. 자신의 능력으로 사다리 꼭대기에 올라갔다는 오만이다. 능력이 유일한 평가의 잣대라는 착각이다.

아내에게 나는 아이들과 각자도생해야 한다고 말한다. 아이들이 결혼할 때 얼마간 보태느니 나중에 손주 용돈을 주는 게 낫다고 얘기한다. 최악은 노인 빈곤에 빠져 자식에게 손 벌리는 것이다. 그 손을 잡아줄 수 없다면 자식은 또 얼마나 괴로울까?

언론에 진실만 한 국익은 없다

2005년 6월 월간중앙에서 선임 차장으로 일할 때였다. 기자들이 성명을 냈다. 발간을 앞두고 있던 7월 호에 실으려 한 기사가 누락된 것에 대한 저항의 몸짓이었다. '독자와 국민 여러분께 드리는 말씀.' 기사로 말해야 할 기자들이 성명서를 써야 하는 현실에 분노와 깊은 좌절감을 느꼈다.

해당 기사는 김운용 전 IOC국제올림픽위원회 위원의 자진 사퇴를 전제로 자크 로게 당시 IOC 위원장이 대한민국 청와대와 극비 협상을 했다는 게 핵심 내용이었다(기사 제목은 '자크 로게-청와대-김운용 위험한 3각 빅딜'). IOC 위원장은 이 협상을 성사시키려 청와대에 세 가지를 약속했다. 2014년 동계 올림픽의 평창 유치, 태권도의 정식 종목 유지, IOC 위원의 한국인 승계였다. 김운용은 앞서 2001년 치러진 IOC 위원장 선거에서 자크 로게와 경쟁해 차점자로 낙선했다. 한국은 그 후 평창 동계 올림픽을 유치했고 태권도는 현재 올림픽 정식 종목 지위를 유지하고 있다.

기사를 쓴 후배는 당시 삼청동에서 청와대 관계자와 만나 이 비밀 협상이 팩트라는 것을 확인했다. 그러나 노무현 정부의 청와대는 이 기사를 보도하지 말 것을 요구했다. 국익이 걸린 일이라고 했다. 입장을 바꿔놓고 보면 수긍할 수도 있는 이야기였다. 그러나 언론 종사자에게 진실만 한 국익은 없다. '언론의 포화The artillery of the press'(뉴욕타임스 칼럼니스트였던 고 제임스 레스턴의 저서 제목에서 따온 말)는 진실을 감추려는 모든 세력을 향할 수밖에 없다. 권언유착에 맞섰던 20세기 진보 언론의 영웅 이지 스톤Izzy Stone은 "모든 정부는 거짓말을 한다."고 말했다.

월간중앙은 청와대의 비보도 요구에 응하지 않기로 결정했다. 기사 마감으로 정신없이 바쁜데 삼성그룹의 홍보 담당 임원이 찾아왔다. 내가 아는 사람이었다. 일단 회의실로 안내했다. 그는 지나는 길에 대표를 만나기 위해 잠깐 들렀다고 말했다. 그가 다녀간 뒤 대표가 이 기사를 빼겠다고 '선언'했다. 청와대가 못 막은 기사를 삼성이 막은 것이다.

그로부터 한 달 전 6월 호에 싣기로 했던 기사('국가안전보장회의NSC는 대통령 기망했나')가 외부의 압력으로 빠진 일이 있었다. 청와대가 훗날 통일부 장관을 지낸 이종석 NSC 사무차장을 극비리에 조사했다는 내용이었다.

나는 선임 차장으로서 후배 차장들과 대표에게 기사 누락에 대해 문제를 제기했고 재발 방지 등 요구 사항을 서면으로 전달했다. 그런데 바로 다음 호에 게재하기로 한 특종 기사를 대표가 싣지 않겠다는 것이었다. 우리는 기자 성명을 통해 문제를 외부에 알리겠다고 말했다. 대표는 그래도 기사는 실을 수 없다고 입장을 밝혔다.

우리는 성명에 이렇게 썼다.

"권력과 거대 자본의 외압에 의해 '진실 보도'의 사명을 다하지 못한 점, 독자와 국민 여러분께 사죄합니다. 부당한 압력에 굴복한 중앙일보 및 월간중앙 관계자들은 이 사태와 관련해 응분의 책임을 질 것을 요구합니다. 앞으로 어떠한 부당한 압력에도 굴하지 않고 진실 보도의 사명을 다하겠습니다."

회사가 발칵 뒤집혔다. 시사지 법인 총괄대표가 이 일로 사의를 표했다. 중앙일보 발행인이 찾아와 만류했지만 기자들의 성명에 대해 책임을 지겠다는 뜻을 굽히지 않았다. 월간중앙 대표를 제외한 3개 시사지 대표들이 총괄대표의 마음을 돌리기 위해 월간중앙 기자들과의 면담을 청했다. 성명을 낸 월간 중앙 기자들만 그를 잡을 수 있다고 했다. 이 면담 후 나는 총괄대표를 찾아가 사의를 철회해 달라고 요청했다. 그는 철회의 조건으로 사실상 직무 정지 상태였던 월간중앙 대표의 복귀도 요구했다. 사태가 수습되자 월간중앙 대표는 월간중앙 오리지널 멤버가 아니었던 나와 기자 한 사람을 방출했다. 얼마 후 오리지널 멤버가 아닌 후배가 정부 쪽으로 이직을 했다.

어쩌다 그때 일을 되짚어볼 때가 있다. 그래서 기자 성명으로 우리가 얻은 건 무엇이고 잃은 건 무엇인가? 언론은 내부 자본인 사주와 외부 자본인 광고주로부터 더 자유로워졌는가?

1995년 편집국에서 시사지 법인으로 파견 나가기 전 나는 중앙일보 공정보도위원회 간사를 맡고 있었다. 공보위는 평기자들로 이루어진 지면 감시 기구이다. 각 부서 소속 공보위원들이 모여 공정 보도 관점에서 주목할 기사들에 대해 토론한 후 성찰적 보고서를 만들어 편집국 내에 배포했다.

그해 가을 중앙일보는 전년도에 국내 언론 최초로 시도한 대학 평가를 본격화했다. 조선일보가 중앙일보에 선점당한 것을 배 아파한다는 기획이다. 몇 년 후 한국외국어대에 출강했을 때 일이다. 어느 날 강의하러 학교에 가니 교문에 '중앙일보 대학 평가 10위'라는 플래카드가 걸려 있었다. 중앙일보 대학 평가의 영향력을 실감했다.

최초의 대학 종합 평가 결과가 중앙일보 온라인판에 발표됐다. 종합 순위는 카이스트, 포항공대, 서울대, 연세대, 서강대, 고려대 순이었다. 고려대보다 순위가 높게 나온 서강대 측이 이 기사로 고무됐다. 그러나 다음 날 신문엔 순위가 고려대, 서강대 순으로 바뀌어 실렸다. 서강대가 순위 변동에 대해 문제를 제기했다. 교육팀장으로 있던 선배를 만나 경위를 들어봤다. 그는 학과 평가 말고 대학 종합 순위는 논란의 소지가 있어 통상적 순위로 보도했다고 밝혔다. 통상적 순위라고 하면 카이스트, 포항공대를 서울대보다 선순위에 둔 것이 납득되지 않았다.

그에 앞서 1995년 1월 중앙일보가 10회에 걸쳐 이찬삼 시카고 중앙일보 편집국장의 동토 잠행기를 연재했을 때다. 이 국장은 김정일 치하의 북한에 기자로서는 최초로 들어가 잠행 르포를 했다고 밝혔다. 이 기사로 그는 한국언론학회가 주는 상을 받았다. 그러나 월간조선, 신동아, 말 등의 시사지에서 그의 밀입북에 의문을 제기했다. 이찬삼은 북한 잠행은 진실이라고 주장하면서도 북한 통행증을 공개하지 않았다. 그 이유로 취재원 보호를 내세웠다. 공보위는 '중앙일보 전체의 문제다'라는 제목의 보고서를 냈다. 그 내용이 언론 전문지에 보도됐다. 이 보고서 건으로 나는 회사 임원, 편집국장 등이 대책 회의를 하는 자리에 불려 갔다. 회의 멤버 중 최고위직에 있던 선배가 "공보위 보고서에 이런 이야기를 쓴 건 해사 행위"라며 나를 질책했다. 그는 나더러 이찬삼 기자의 르포에 문제를 제기한 월간조선으로 보내주겠다는 이야기도 했다.

그 후 나는 경제 주간지인 이코노미스트로 파견 발령을 받았다. 현직 공보위 간사가 편집국 외 부서로 발령이 나는 건 이례적인 일이었다. 그에 앞서 나는 노조 위원장으로 있던 선배에게서 "조심하라"는 귀띔을 받았었다.

1980년 9월 28일 워싱턴포스트 1면엔 '지미의 세계Jimmy's world'라는 제목의 기사가 실렸다. 26세의 흑인 여성 재닛 쿠크가 쓴 이 르포 기사는 워싱턴 흑인 밀집 지역에 사는 소년 지미의 삶을 다뤘다.

"지미는 여덟 살, 3대째 헤로인 중독자다. 갈색 고수머리에 갈색 눈인 이 조숙한 소년의 가녀린 팔뚝엔 바늘자국이 무수하다. 그는 다섯 살 때부터 헤로인 주사를 맞았다."

이 기사는 전 세계 300개 이상의 신문에 실렸다. 미 합중국 수도인 워싱턴이 뒤집어졌다. 워싱턴 DC 최초의 흑인 시장이었던 매리언 베리가 나서 지미를 찾았다. 경찰국장도 가세했지만 지미를 찾아내지 못했다. 이듬해 쿠크는 '기자들의 노벨상'으로도 불리는 퓰리처상을 받는다. 쿠크가 상을 받은 다음 날,

그가 다닌 바사대 입학 담당관과 그의 경력에 관한 기사를 준비하던 AP의 편집인이 워싱턴포스트에 전화를 걸어 왔다. 쿠크의 경력이 의심스럽다는 것이었다.

앞서 워터게이트 보도를 진두지휘했던 벤 브래들리 워싱턴포스트 편집인은 기자 출신의 옴부즈맨 윌리엄 그린에게 쿠크의 기사에 대한 진상 조사를 맡겼다. 퓰리처상을 받은 지 이틀 만에 쿠크는 이 기사가 날조된 것이라고 밝힌 후 사표를 던졌다. 퓰리처상도 반납했다. 64년의 퓰리처상 역사에서 처음 있는 일이었다. 그린은 워싱턴포스트가 1면에서 시작해 총 4개 면에 걸쳐 실은 진상 조사 보고서의 결론을 이렇게 맺었다.

"기자가 편집자에게 기사의 취재원을 공개할 수 없다면 그 기사는 실려서는 안 된다. 이 원칙 때문에 의미 있는 뉴스가 실리지 못한다면 어쩔 수 없는 일이다."

1982년 노벨문학상 수상자이자 『백년 동안의 고독』의 저자인 가브리엘 가르시아 마르케스는 쿠크에 대해 이렇게 꼬집었다.

"쿠크가 퓰리처상을 받은 것도 부당하지만, 그가 노벨문학상을 받지 못한 것도 부당하다."

워싱턴의 중소 신문이었던 워싱턴포스트를 일류 신문으로 성장시킨 브래들리는 이 기사 조작 사건을 자신의 회고록인 『워싱턴포스트 만들기』에서 "내 생애 최악의 순간이었다."고 술회했다. 그러나 그는 워터게이트 사건을 은폐하려 한 닉슨을 반면교사로 삼아 위기의 순간에 최선의 방어를 했다. 은폐하지 않고 진실을 밝힌 것이다.

중앙일보는 이찬삼 기자의 기사에 대해 사과하지 않았다. 세월이 흘러, 훗날 방송통신위원장을 지낸 어느 언론학 교수와 마주 앉았을 때 나는 언론학회가 이찬삼 기자에게 준 상을 취소해야 하는 것 아니냐고 물은 적이 있다. 언론학회는 이찬삼 기자에게 준 상의 효력을 정지시키지 않았다.

글쓰기 능력은
조직 생활의 필살기

7년여 전 정년퇴직을 하면서 평전 작가로의 전업을 고려했다. 고 김우중 전 대우그룹 회장의 평전을 써보려 김 회장 측과 접촉도 했다. 2005년 봄 '해외 유랑 2000일 전 추적, 金宇中 곧 돌아오나'란 기사에서 그의 귀국 문제를 다룬 일이 있어서다. 평전 건은 불발했고, 작가는 '가지 않은 길'이 되고 말았다. 문학적 글쓰기에 과연 재능이 있는지도 잘 모르겠다.

기자적 글쓰기는 문학적 글쓰기와 다르다. 문학 작품에 대해서는 다양한 해석이 가능하다. 그러나 기사 문장은 다른 해석의 여지가 없어야 한다. 누가 읽든 한 가지 의미로만 읽혀야 한다.

기자적 글쓰기도 습작기에 흔히 필사筆寫를 권한다. 잘 쓴 남의 글을 베끼라는 것이다. 조선일보 편집국장을 지낸 어느 분이 다시 글을 쓰게 됐는데 글이 잘 안 써졌다고 한다. 그는 휴가를 내 좋아하는 책 한 권을 끼고 여행을 떠났다. 거기서 방에 들어앉아 열심히 그 책을 필사했다. 그렇게 해서 글 감각을 회복했다고 한다. 한국일보 편집국장을 지낸 대학 후배도 초년생 시절에 장르별로 잘 쓰는 선배의 기사를 갖다 놓고 베꼈다고 말했다.

나는 성경 필사가 아니라면 필사보다 리라이팅을 권한다. 경전으로서의 성경을 필사하는 건 글 실력을 향상하는 게 목적이 아니다. 남의 글을 베끼는 것보다는 남의 글이든 자기 글이든 고쳐 써보는 게 더 도움이 된다. 거의 절대적이라 할 만큼 가성비가 높다. 퇴고도 일종의 리라이팅이라고 할 수 있다.

"지금 진료실로 들어가실게요."

요즘 병원에 가면 많이 듣는 말이 '……하실게요'이다. 이 화법이 듣기에 불편한 건 이유가 있다. 우선 주어와 술어 간 주술 호응이 이뤄지지 않는다. 이 말은 본래 "(제가) 빨리 갈게요." 식으로 쓴다. 'ㄹ게'는 "(구어체로) 어떤 행동에 대한 약속이나 의지를 나타내는 종결 어미"로 1인칭 주어와 호응한다. '결코'

란 말 뒤에 부정하는 서술어, '제발' 뒤엔 청원을 담은 서술어, '아마' 뒤엔 추측의 뜻을 지닌 서술어가 오는 것처럼 말이다.

그런데 이런 화법을 (비록 생략됐지만) 주어가 2인칭인 문장에 써서 "(고객님은) 지금 진료실로 들어가실게요." 하니 듣기에 불편할 수밖에 없다.

이처럼 주술 호응이 이뤄지지 않는 문장이 대표적인 비문非文이다. 말 그대로 문법에 어긋나는 문장이다.

다음으로 2인칭 주어와 함께 쓰다 보니 'ㄹ게요' 앞에 '시'라는 존칭 보조 어간을 삽입했다. 이 '시'가 듣는 이의 불편함을 가중한다. 병원에서 태어난 것으로 보이는 이 이상한 화법은 유통업을 비롯해 전 서비스 업계로 확산 중이다. 거의 전방위적이다.

'바라겠습니다'로 끝나는 문장도 무조건 비문이다. 어법에 맞지 않기 때문이다. 바란다는 것은 말 그대로 기원이다. 말하고 글로 적는 사람이 자신의 의지만으로 완성할 수 있는 마음의 상태다. 그러니 헤어진 여자 친구가 결혼 소식을 전할 때 "부디 행복하기를 바랄게"가 아니라 "행복하기 바라"라고 말해야 한다. 진심이라면.

프러포즈를 하면서 "(열렬히) 사랑합니다."가 아니라 "(어떻게든) 사랑하겠습니다."라고 하면 구애 상대가 접수하겠는가? 사랑하는 게 아니라 흑심을 품었다고 뺨 맞기 십상이다.

그런데 각광받는 직업인 방송인은 말할 것도 없고 상당수의 아나운서가 방송에서 이렇게 '바라겠습니다'라고 말한다. 손석희 씨가 앵커 시절에 이렇게 말하는 것을 듣고 메일을 보낸 적도 있다. 씹혔다. 〈싱어게인〉의 따뜻한 MC 이승기 씨도 수시로 이렇게 말했다.

더 거슬리는 건 방송에 나온 교수들이 겸양의 표현으로 '저희 나라……'라고 하는 것이다. 저희 나라라고 하면 본의 아니게 시청자와 청취자들을 외국인 취급하는 것이다. 식자층이라고 할 만한 사람이 '마음적으로', '일적으로'라고 하면 화악 깬다. 적的은 한자어와 결합해 쓰는 말이다. 굳이 적을 넣어야겠다면 '심적으로', '업무적으로'라고 써야 한다.

내 또래의 남자가 식당에서 서빙 하는 젊은 여성에게 '언니' 하는 것도 꼴불견이다. 아줌마, 아가씨가 사실상 죽은 말이 돼버려 이럴 때 호칭이 마땅치 않지만 그래도 언니는 영 아니다. 적당한 호칭이 없으니 '여기요', '저기요' 한다. 어쩌다 일로 만난 사람이 '저기요' 하면 나는 슬며시 "우리가 왜 적이냐?"고 아재 개그를 친다.

'이모'는 또 어떤가? 식당 앞을 지나는데 '이모 구함'이라고 써 붙인 것을 보고 실소를 한 적이 있다. 대한민국은 혈연관계에 있는 이모도 구할 수 있는 사회다.

'동무'는 북한이 이 말을 불순하게(?) 사용한 탓에 '어깨동무'에만 남은 죽은 말이 됐다. 배낭이란 말은 백팩에 밀려 죽어가고 있다. 여행에 달라붙어 배낭여행으로 겨우 목숨을 부지하고 있다.

'염두하다', '애정하다'는 본래 없는 말이다. 염두, 애정 둘 다 명사만 있으므로 '염두에 두다', '애정이 많다, 애정을 갖다' 식으로 써야 한다. 그러나 네이버 오픈사전에 오른 애정하다는 나도 어쩌다 작위적으로 쓴다. 말이란 흐름이기 때문이다.

기자 지망생들에게 기사에 이모티콘을 쓰지 말라고 하지만 이모티콘은 이미 생활 언어다. 언젠가 인터뷰 기사에는 이모티콘을 섞어 쓰게 될지도 모르겠다. 오래전 우리 집을 방문한, 당시 미국에 살던 사촌 여동생에게 "아파트 지하 주차장에서 영접할게^^"라고 문자를 보낸 후 아무런 이모티콘이 없는 "영광이네요"란 답문을 받고 문자적인 의미 외에 다른 함의가 있나 음미해 본 적이 있다. 이모티콘이 없는 탓에 혹시 비아냥거린 게 아닐까 싶었기 때문이다.

수시로 지적질을 하다 보니 나는 문자 메시지를 보낼 때도 문장에 신경을 쓴다. 띄어쓰기도 엄격히 하는 편이다. 그러나 바쁠 땐 띄어쓰기 무시하고 메시지를 보낸다. 그래도 초성, 중성, 종성이 어울려 음절을 구성하도록 한글을 만든 세종대왕과 집현전 학자들 덕에 의사소통에 문제가 없다. 알파벳을 사용하는 언어로 쓴 글을 띄어쓰기를 무시하고 보냈다고 생각해 보라! 한글은 디지털 시대에 더 위력적인 글자이다.

탁월한 글쟁이인 최재천 이화여대 석좌 교수는 "세상사 거의 모든 일의 끝에는 글쓰기가 있다."고 말했다. 궁극에 가면 글쓰기 싸움이라는 것이다. 메시지 싸움이라고 할 수도 있겠다. 정치도 연애도 결국 메시지로 벌이는 전쟁이다. 생업도 커뮤니케이션을 잘해야 한다. 미디어에 종사하지 않더라도 글쓰기 능력은 조직 생활의 필살기다. 학술 논문도 사내 보고서도 결국 글이다. 치킨집을 차리더라도 전단지의 카피를 잘 써야 한다. 이메일, 카톡 메시지도 글이다.

대형 오보를 막은 기자의 직업의식

선배는 어쩌다 혼자 밥을 먹게 되면 평소 손님이 별로 없는 식당에 간다고 했다. 장사가 안 되는 식당의 매상을 올려주기 위해서다. 그의 이름은 조시행. 나보다 열 살 연장이다. 이 이야기를 들은 후 나는 택시를 타면 1,000원 미만의 거스름돈은 받지 않는다. 그에게서 받은 영향을 나 나름대로 실천에 옮기기 위해서다.

편집 기자였던 조 선배는 조선일보가 1986년 11월 17일 김일성 사망 오보를 했을 때 고집을 부려 중앙일보의 오보를 막았다.

그날 조선일보는 "김일성이 열차를 타고 가다 총 맞아 피살 당했다."는 내용의 호외를 발행했다. (이 오보는 정운현의 『호외로 읽는 한국 현대사』에 '김일성 사망 오보 소동'으로 수록됐다. 그는 이 오보를 헤이그 밀사 사건 당시 대한매일신보의 이준 열사 분사 오보 이래 한국 언론사 최대의 오보로 꼽았다.)

다음 날 1면 톱기사 제목은 '김일성 피격 사망'이었다. 당시 조선일보는 "본지 세계적 특종"이라고 자화자찬을 했다. 그러나 이날 오전 10시 김일성은 몽골 인민혁명당 서기장 잠빈 바트뭉흐를 영접하러 평양순안국제공항에 나타났다. 세계적인 특종이 하루 만에 세계적인 오보로 전락한 것이다.

당시 나는 조선일보 출판국에서 아르바이트를 했다. 오보를 한 이튿날 조선일보는 1면 톱기사의 제목을 이렇게 뽑았다.

'김일성은 살아 있었다.'

이 비겁한 제목을 두고 나는 우리 부장과 격론을 벌였다. 이 제목의 과거 시제에서는 이런 뉘앙스가 느껴졌기 때문이다.

'우리가 오보를 했습니다. 유감스럽게도 김일성은 당시에 살아 있었습니다. 그러나 지금은 알 수 없는 일이죠.'

김일성의 생사가 실시간으로는 확인이 안 되니 이 제목을 단 기사를 실는 시점에서 그의 생존을 장담할 순 없었을 것이다. 그러나 그의 유고를 뒷받침할 만한 추가적인 정보나 정황이 없다면 살아 있다고 추론하는 게 합리적이다.

나는 조선일보가 김일성 사망 오보를 한 이듬해 중앙일보에 입사했다. 그 후 우연히 당시 중앙일보가 실은 기사를 보게 됐다. 석간이었던 중앙일보는 1면 톱기사에 각각 '김일성 피살설說'(11월 17일자), '김일성은 살아 있다'(11월 18일자)라고 제목을 달았다. 조 선배가 단 제목이었다. 김일성 피살에 '설' 자를 단 제목으로 그는 이듬해 기자로서는 가장 영예로운 상인 한국기자협회가 주는 한국기자상(신문편집 부문)을 받았다.

훗날 나는 조 선배와 식사를 하면서 당시 이야기를 들어봤다. 그 시절 중앙일보는 삼성그룹의 일원이었다. 그래서 이른바 재벌 신문으로서의 태생적 한계가 있었다. 단적으로 결정적인 때 치고 나가지 못했다. '피살설'이라는 제목을 둘러싸고 편집국 안에서 말이 많았다고 한다. 선배는 1면 편집자로서 그 기사를 출고한 취재 기자에게 "제목이 마음에 들지 않으면 김일성이 죽었다고 기사를 고쳐 오라고 했다."고 말했다. 그러나 누구도 김일성의 사망을 단정할 수는 없었다.

밖에서 점심을 한 편집국장이 가판대를 훑어본 후 회사로 전화를 걸어 조 선배를 찾았다.

"이봐, 조시행 씨. 김일성 피살에 '설' 자를 꼭 달아야 해?"

"달아야 합니다."

'김일성 피살설'이라는 제목은 어쩌면 조 선배와 편집국장의 합작품이라고도 할 수 있다. 원칙을 고수한 대찬 후배와 그런

후배를 밀어준 수용성 있는 선배가 만났기에 가능했던 일이다. 어쨌거나 한 기자의 직업정신 덕에 중앙일보는 대형 오보를 피할 수 있었다. 당시 중앙일보는 메이저 신문 중 유일하게 오보를 하지 않았다. 김일성은 그로부터 근 8년 후 심근 경색증으로 세상을 떠났다. 북한 당국은 사망 이튿날 정오 방송을 통해 그의 사망 사실을 발표했다.

조선일보는 그로부터 34년 만인 2020년 3월 4일 창간 100주년을 맞아 특집 지면에 이 오보에 대해 정정 보도를 하지 않은 사실을 인정하고 사과했다. "오보로 밝혀진 후 다음 날 1면에 '김일성은 살아 있었다'고 보도했으나 정정 보도 형식으로 게재하지 않았다."고 밝혔다. 이 신문은 2013년 현송월 북한 삼지연관현악단장의 사망 오보를 했고, 이에 대해서도 같은 날 사과했다.

북한 관련 언론 보도는 유난히 '아니면 말고' 식 오보가 잦다. 직접 취재가 어렵거나 사실상 불가능한 탓이라고 하지만, 북한 당국이 우리 언론의 오보에 대응하지 않아 기자로서는 오보에 대한 리스크가 없기 때문이기도 하다. 보수 언론의 북한 오보가 더 흔한 건 북한 체제에 대한 증오와 편견이 의식적·무의식적으로 작동하기 때문이다. 북한은 3대째 권력을 세습한 비정상적 국가로 개인숭배와 부패로 무너질 수밖에 없다는 부정적 인식 탓에 보수 언론의 북한 보도는 제대로 검증되지 않거나 부풀려지는 경향이 있다는 것이다.

공정하고 객관적인 보도는 저널리즘의 본령이다. 한국 언론은 남북 간의 불신을 해소하고 장벽을 허무는 평화 저널리즘을 지향해야 한다는 생각이다.

기자는
상종 못 할 집단

불가근불가원不可近不可遠.

가까이할 수도, 멀리할 수도 없다는 말이다. 기자와 취재원의 관계에 관한 경구이다. 기자에게는 취재원 관리에 관한 금과옥조이다. 취재원은 말 그대로 가까이할 수도, 그렇다고 멀리할 수도 없는 존재이다. 멀리할 수 없는 건 멀어져서는 취재 자체가 불가능하기 때문이다. 가까이할 수 없는 건 아니 가까워져선 안 되는 건 취재원과 유착이 생기기 때문이다. 언론이 권력과 깊은 관계를 맺는 권언 유착, 정치계와 가까워지는 정언 유착, 공무원과 가까워지는 관언 유착, 검사와 가까워지는 검언 유착, 무엇보다 금력과 가까워지는 금언 유착 내지는 경언 유착은 모두 감시해야 할 취재원과 너무 가까워져서 생긴다. 아무리 적폐 집단이라도 오랫동안 출입하면서 숟가락 개수까지 파악하고 나면 그 집구석 사정을 수긍하게 된다. 기자도 사람인지라 해당 집단에 대해 '경사傾斜'가 생기는 까닭이다.

취임 후 한 번도 언론과 인터뷰하지 않은 박근혜 대통령은 2017년 1월 한국경제신문 정규재 주필이 운영하던 '정규재 TV'와 인터뷰한다. 헌정 사상 최초로 헌법재판소의 결정에 따라 대통령 재임 중 파면당하기 한 달 남짓 전이었다. 나는 정 주필이 당시 인터뷰를 한 게 아니라 박 전 대통령에게 인터뷰를 당했다고 생각한다.

지금까지 여섯 권의 인터뷰집을 냈다. 이들 책을 내기 위해 인터뷰 시리즈를 기획해 미디어에 연재했다. '위로 아닌 직설로 응원하는 20대의 홀로서기'라는 부제를 달아 『너답게 살아갈 너에게』를 냈을 때의 일이다. 출판사 편집자가 박용만 두산인프라코어 회장 인터뷰를 제외하자고 말했다. 명색이 청춘 멘토링 책인데 박 회장이 경영하는 두산인프라코어가 신입 사원들도 희망퇴직을 시켰다는 것이 이유였다. 박 회장은 내가 몇 번의 인터뷰 시리즈를 할 때 첫 인터뷰이였다. 편집자와 상의해 박 회장의 입장을 들어본 후 원고를 손보기로 했다. 그러나 그는 그냥 자기 이야기를 빼 달라고 했다.

'사람이 미래다.'는 박 회장의 믿음이 담긴 두산의 슬로건이었다. 당시 한 신문은 "사람이 미래다라는 두산그룹의 기업 광고와 현실이 동떨어졌다는 비판도 나오고 있다."라고 썼다. 이 회사가 시장 상황이 나빠지자 신입 사원을 포함해 희망퇴직 신청을 받으려 한 것은 사실이었다. 회사 측은 "시장 전망에 실패했다."고 입장을 밝혔다. 신입 사원도 희망퇴직 대상이라는 사실이 알려지자 비난이 빗발쳤다. 박 회장은 긴급히 신입 사원을 배제하라고 경영진에 지시했다.

그 후 박 회장이 장문의 페이스북 메시지를 보내왔다.

"사원의 희망퇴직에 끝까지 반대했습니다. 더구나 신입 사원은 생각조차 해보지 않은 일입니다. 사원·대리급은 절대 안 된다고 했습니다. 매번 내가 반대해 간부급에 대해서만 세 차례 희망퇴직을 받았습니다. 그 결과 조직이 위는 대롱 같고 아래는 지나치게 비대한 기형이 돼버렸습니다. 시장이 예상보다 훨씬 빠르게 수축이 돼가 비용을 줄여야 했습니다. 경영진이 더 이상 간부만 희망퇴직 받기 어렵다고 사정사정하더군요. 이야기를 듣다 코너에 몰려 '신중하게 처리하라'고 미온적으로 답변한 것이 화근이 됐습니다. 신입 사원이 포함됐다는 이야기를 들은 것이 저녁 8시, 밤을 꼴딱 새우고 다음 날 새벽 6시에

즉시 철회하라고 지시했습니다. 그런데 그새 인터넷에 난리가 났습니다.

지난해 사원을 포함해 십여 명이 재입사했습니다. 대학 졸업하던 해 은행원을 천직으로 삼겠다고 외환은행에 취직했던 때를 돌아봤습니다. 나를 비난한 젊은이들의 마음이 공감이 되고도 남습니다. 사람이 미래라는 믿음은 변하지 않았지만 이제 그런 말을 꺼내지도 못하는 처지가 됐죠."

기업인으로서의 고뇌가 느껴지는 이야기였다. 말미에 그는 "두서없는 넋두리로, 공개되지 않을 거라 믿고 썼다."고 적었다. "한번은 누구에게든 이야기하고 싶었는데 희망퇴직 건 이후 누구에게도 편하게 이야기하지 못했다."고 덧붙였다.

나는 이렇게 답했다.

"절절하게 공감합니다. 넋두리 상대로 선택받은 것, 영광입니다. 공개하고픈 직업적 욕망을 애써 누르겠습니다."

몇 달 후 나는 그의 양해를 얻어 이 이야기를 후배가 대표로 있는 경제 월간지에 썼다. 직업적 욕망에 충실하기로 한 것이다. 그 후로 박 회장은 나의 인터뷰 요청에 응하지 않았다. 어쩌면 멀어졌는지도 모르겠다.

기업은 존속하는 것을 전제로 한다. 지속 가능성을 추구하는 계속 기업going concern이다. 사람을 내보내는 것도 기업으로서는 존속하기 위한 몸부림이다. 두산인프라코어는 그 후 대주주인 두산중공업이 현대중공업에 지분을 매각해 새 주인을 맞았다. 두산의 재도약은 두산중공업의 재기에 달렸다. 소비재 중심이었던 두산을 인수 합병M&A을 통해 인프라 지원 사업을 주력으로 하는 중공업 그룹으로 변모시킨 주역이 박 회장이다.

7년여 재임한 대한상의 회장에서 물러난 박 회장은 최근『그늘까지도 인생이니까』란 산문집을 냈다. 직접 쓴 이 책에 그는 이렇게 심경을 밝혔다.

"살다 보면 양지 아래 그늘이 있었고, 그늘 안에도 양지가 있었다. 양지가 그늘이고 그늘이 양지임을 받아들이기까지 짧지 않은 세월이 걸렸지만, 그게 다 공부였지 싶다. 그걸 깨닫고 나니 양지가 아닌 곳에 있는 순간에도 사는 것이 좋다."

기자란 외로운 직업이다. 어쩌면 상종 못 할 직업인인지도 모른다. 취재원 입장에서도 기자는 불가근불가원이다.

기자는 어쩌다 기레기가 됐나

나는 77학번이다. 1979년 여름에 입대해 35개월간 복무했다. 군대 가기 전엔 대학생은 대부분 학교 배지를 달았다. 복학 후엔 배지를 단 사람이 거의 없었다. 또 여대생이 남자 선배를 흔히 '형'으로 호칭했다. 일종의 대학 문화였다. 대학 사회의 양성평등 지향이 담긴 호칭 같았다. 이때의 형은 '학형'의 줄임말이라는 해석도 있다.

1990년 말에 만난 다섯 살 연하 아내와의 짧은 연애 시절, 나는 아내에게 학교 후배는 아니었지만 형이라 불러 달라고 했다. 지금도 주로 형이라 부른다. 딸이 말을 배우기 시작했을 때의 일이다. 어느 날 아이가 나를 형이라고 불렀다. 난감했다. 결혼 30주년을 앞두고 있지만 우리는 서로 여보라고 부르지 않는다.

1999년 가을, 홍석현 당시 중앙일보 사장이 그의 가족 기업인 보광그룹 탈세 혐의로 조사를 받기 위해 검찰에 출두했다. 이때 대검에 도착한 그를 향해 기자 등 중앙일보 구성원들이 "홍 사장, 힘내세요."라고 외쳤다. 이 일로 중앙일보 기자들이 구설에 올랐다.

기자들은 선배 기자를 호칭할 때 직함에 '님' 자를 붙이지 않는다. 수습기자도 편집국장을 부를 때 "김 국장"이라고 부른다. "김 국장님"이 아니라. 좋고 싫고를 떠나 언론사의 고유한 호칭 문화이다.

오래전, 오래 알고 지낸 한 여성 CEO와 작은 트러블이 있었다. 직업적인 글쟁이는 아니지만 베스트셀러를 쓰신 분이다. 인터뷰한 후 기사가 실렸는데 전화가 걸려 왔다. 기사는 좋았지만 기사에 실은 자기 사진이 마음에 안 들고, 기사 옆면에 술 광고를 실은 게 거슬린다고 그가 말했다. 나는 사진기자로서는 몇십 컷 중 가장 좋은 것을 골랐을 테니 객관적으로는 그 사진이 나쁘다고 할 수 없고, 출고 기자는 옆면에 실리는 광고에 대한 선택권이 없다고 설명했다. 그러자 그가 말했다.

"그런데 이 부장님은 왜 저에게 이 대표님이 아니라 번번이 이 대표라고 하세요? 재벌 회장도 저에게 이 대표님이라고 합니다."

듣고 보니 맞는 말이었다. 님 자를 안 붙이는 게 언론사 문화라고 해서 외부자인 취재원에게도 님 자를 안 붙이는 건 온당치 않다는 생각이 들었다. 나는 그에게 사과한 후 앞으로는 이 대표님이라고 부르겠다고 말했다.

취미 강좌를 영상으로 서비스하는 플랫폼 기업 클래스101은 대표를 포함해 전 구성원이 닉네임으로 호칭하고 반말을 한다. 대부분 서로 본명도 나이도 모른다. 반말을 하는 건 조직 내 커뮤니케이션 비용을 최소화하기 위해서다. 히딩크 감독이 경기장에서 선수들끼리 반말을 하게 한 것과 같은 취지다. 회식 때도, 나중에 합류해 비교적 연배가 높은 임원도 예외가 아니다. 울산과학기술원UNIST 휴학생 출신인 이 회사 고지연 대표는 "나이·직급·성별을 불문하고 서로 반말을 하면 수평적 커뮤니케이션이 이뤄지고 의사 결정의 속도가 빨라진다."고 말했다.

"인원이 적었던 회사 설립 초기엔 연장자를 형·누나로 부르기도 했는데 위계 구조가 생길까 봐 이 가족적 호칭조차 안 쓰기로 했어요."

널리 쓰이지는 않았지만 예전엔 '기자 사회'란 말이 있었다. 말하자면 기자들의 레퍼런스 그룹이다. 기자들은 소속 매체는 저마다 달랐지만 평소 이 기자 사회를 의식해 처신했다. 그러나 이 말은 그 후 사실상 죽은 말이 됐고 기자들도 언론사처럼 각자 도생하는 시대가 됐다.

기레기(기자+쓰레기)에 이어 기더기(기자+구더기)라는 조어까지 생겨난 기자 수난의 시대다. 어쩌다 파리 유충 신세가 된 것이다. 나는 이런 현실에 대해 편집 간부의 책임이 가장 크다고 생각한다. 일반 기업의 경우에는 경영권을 둘러싼 긴장 관계가 있다면, 언론 기업은 편집권을 둘러싸고 내연하는 갈등이 있다. 아니 있었다. 이 갈등을 오너가 인사권을 휘둘러 누르고 있다. 기자들은 편집국장이 대표하는 기자들에게 지면에 대한 편집권이 있다고 생각한다. 그런데 편집 간부들이 지금처럼 오너에게 종속된 현실에선 일선 기자들이 제대로 된 기사를 쓰기 힘들다. 한국의 주류 언론이 지나치게 정파적인 것도 언론사주의 강력한 오너십에서 비롯됐다고 본다. 언론사주는 자본가로서 보수 정당, 대기업과 더불어 보수 기득권 동맹의 일원이다. 기득권 수호적일 수밖에 없다는 것이다. "2017년에 이어 이재용 삼성전자 부회장이 구속됐는데 이번에도 삼성엔 총수 경영체제를 대체할 플랜 B가 없다."고 쓴 한 경제지의 기사를 페이스북에서 꼬집었더니 삼성 출신 지인이 삼성엔 플랜 D까지 있을 거라고 댓글을 달았다.

더욱이 모든 미디어가 인터넷판 클릭 수에 목을 매다 보니 기자들이 격무에 시달린다. 연예계는 물론이고 정관계 인플루언서들이 SNS에 글을 올리면 기자들이 알아서 중계를 한다. 기자들이 취재를 하는 게 아니라 받아쓰기를 하고 있다.

30여 년간 종이 매체에 종사했지만 나는 레거시 미디어의 미래를 점칠 능력이 없다. 어쩌면 '노답' 상황 같다. 그렇다고 종이 매체가 종언을 고할 것 같지는 않다. 미디어의 역사를 보면 올드 미디어는 특화해 살아남았다. 유튜브가 대세인 시대이지만 '지금은 라디오 시대'라고 외치는 라디오 프로그램은 매일 1시간 50분씩 전파를 탄다. 진행자를 바꿔가며 26년째 장수 중이다.

미디어의 미래가 안갯속이고 기자들이 기레기 소리를 듣지만 누군가는 언론이라는 무대에 올라야 한다.

The show must go on

프리랜서 기간을 포함해 지난 30여 년간 나는 기자로 살았다. 언론학도 시절로 소급해 올라가면 40여 년간 언론은 나의 정체성을 구성하는 핵심 인자였다. 기자 생활 후반 20년 가까운 세월 동안은 기자 및 기자 지망생, 언론학도들을 가르치는 일을 병행했다. 요즘은 언론인으로서의 활동보다 후진을 양성하는 일에 더 큰 비중을 둔다.

기자가 되려는 취업 준비생들에게 나는 "The show must go on."을 외친다. '위기의 언론'이지만 이 쇼는 지속돼야 한다고 주장한다. 그러려면 누군가 쇼 무대에 올라야 한다. 언론이 시계 제로의 터널을 통과하고 있지만 뉴스 콘텐츠 자체에 대한 수요가 줄어들지는 않았다. 디지털 혁명으로 뉴스를 실어 나르는 플랫폼에 혁명적 변화가 일어난 것이다. 그러나 콘텐츠를 이기는 플랫폼은 없다는 생각이다.

「The show must go on」은 1991년에 나온 영국 록 밴드 퀸의 마지막 앨범에 실린 마지막 곡이기도 하다. 에이즈 진단을 받고 투병 중이던 퀸의 리드 보컬 프레디 머큐리는 이 노래를 녹음할 때 보드카 한 잔을 입에 털어 넣고 부스에 들어가 성대를 학대하듯이 불러 한 번에 녹음을 마쳤다고 한다.

"Show must go on

쇼는 계속돼야만 해

I'll face it with a grin

웃으면서 대면하겠어

I'm never giving in

난 굴복하지 않아

I'll top the bill, I'll overkill

주연이 되어 제압하겠어

I have to find the will to carry on

나아갈 의지를 찾겠어"

정치의 수준은 그 나라 국민의 수준이라고 하지만 언론의 수준도 국민의 수준을 넘어서지 못한다는 생각이다. 정치와 언론의 공통점은 전형적인 내수 산업이라는 것이다. 그래서 국제 경쟁력의 무풍지대다. 해외 언론 자본이 국내에 진출하더라도 언론 종사자는 국내에서 뽑을 수밖에 없다. 퇴임한 미국 대통령 버락 오바마를 국내 정치판에 출장시킬 수 없듯이, 워터게이트 사건을 특종 보도했고 도널드 트럼프 대통령과 나눈 열여덟 번의 인터뷰를 바탕으로 『격노』를 출간한 밥 우드워드를 한국 언론이 수입할 수는 없다.

디지털과 자동화의 흐름에 적응하지 못한 언론은 사양화하고 있다. 3D를 넘어 4D 업종이 됐다. 3D에 드림리스 샷 추가. 기자들이 언론을 떠나고 있다. 그 때문에 정치를 하기 위해 기자가 되려는 가수요가 떨어져나갔다. 강준만 전북대 신문방송학과 교수는 "과거 주로 정치와 권력에 관심이 많은 젊은이가 기자가 되기를 열망했으며, 이는 오늘날까지지도 이른바 '폴리널리스트 현상'으로 나타나고 있다."고 분석했다. 사실 기자와 법률가는 머리 좋은 사람이 할 일이 아니라고 본다. 수월성보다는 상식과 직업의식이 중요한 직업이다. 어느 면에서는 그동안 너무 오버스펙인 사람이 들어와 물이 흐려졌었다.

강 교수는 언론이 기존의 권력 모델에서 벗어나 봉사 모델로 전환해야 한다고 주장한다. 제4부로서 권력을 감시하다 보니 권력 기관으로 기능했는데 디지털 혁명으로 1인 저널리스트 시대가 열리면서 권력자로 행세하기 어려워졌을 뿐 아니라 다수의 감시를 받는 처지에 내몰렸다는 것이다. 이런 시대에는 기자들이 겸손, 신뢰, 실력을 갖춰야 한다고 역설한다. 어깨에서 힘을 빼고 배움의 자세로 달라진 환경에 창조적으로 적응하라고 권한다. 무엇보다 대학들이 치열한 생존 및 서열 경쟁에 몰리면서 교수들이 손 놓은 '공공 지식인'의 역할을 기자들이 실력을 길러 떠맡아야 한다고 말한다.

그는 또 폴리널리스트가 되려는 언론인보다 생계를 유지할 수 있는 독립 프리랜서 저자를 지향하는 언론인이 더 많아지기를 바랐다. 언론을 정치판으로 가는 환승역으로 여기기보다 언론이라는 무대에서 활동하고 싶은 사람들이 기자가 되는 시대가 비로소 열렸는지도 모른다.

지식인은 '가오'로 산다

호주 시드니의 오페라 하우스와 하버 브리지. 시드니의 이 두 명물은 공공 건축물이 어떻게 국민적 자부심이 되고, 나아가 상품성을 확보할 수 있는지 보여주는 전범이다. 스토리의 보고인 오페라 하우스는 1973년 당초 예산의 15배가 투입돼 14년 만에 완공됐다. 캥거루와 더불어 호주를 상징하는 이 건물은 세계인의 뇌리에 '호주는 문화 국가'라는 이미지를 심어줬다. 1920년대 대공황의 타개책으로 만들어진 하버 브리지는 공사비가 예산의 두 배가량 들었다. 이 철교를 걸어서 등반하는 하버 브리지 클라이밍은 1998년에 콜 케이브라는 사람이

상품화했다. 호주 여행자들 사이에 번지 점프와 더불어 '세상에서 가장 미친 짓' 두 가지로 통한다.

2013년 봄 내가 철제 골조를 타고 이 다리에 오르기까지 15년간 이 미친 짓을 한 사람은 300만 명에 달했다. 당시 호주 관광청 초청으로 일주일간 시드니, 호주 동북부 근해의 세계 최대 산호 군락 그레이트 배리어 리프, 광활한 아웃백이 펼쳐진 동북부 퀸즈랜드 등을 둘러봤다. 내 생애 가장 낙낙한 해외 출장이었다. 날마다 좋은 곳을 구경했고 좀 과장하면 산해진미를 먹었다. 귀국해서는 달랑 기사 한 꼭지 썼다.

기자들끼리는 "기사만 안 쓰면 기자 할 만하다."는 농담을 한다. 그러나 막상 이런저런 사정으로 기사가 안 나가면 극심한 스트레스를 받는다. '쓰는 사람'으로서 존재 의미를 느낄 수 없기 때문이다.

"모든 밥벌이는 본래 지겹다."

스타 강사 김미경 씨가 인터뷰 때 한 말이다. 그는 밥벌이 수단, 입에 풀칠하는 호구지책으로서의 꿈은 그리 달콤하지 않다고 말했다.

"아무리 하고 싶은 일도 그 일을 구성하는 것의 30%가량만 좋습니다. 나머지 70%는 내가 싫어하는 것들이에요."

전적으로 동의한다. 피겨 여왕 김연아가 스케이팅을 즐기기

만 했을까? 역도 여제 장미란이 과연 역기를 들어 올릴 때마다 즐거웠을까?

나는 기사가 잘 안 써지거나 아예 쓰기가 싫을 때 이렇게 최면을 걸곤 했다. '이 기사가 내가 쓰는 마지막 기사일지도 모른다.' 현직 기자와 기자 지망생들에게 기사 쓰기가 지겨울 때 대처법으로 소개하기도 했다.

멘토링 책을 위한 인터뷰 시리즈 취재를 할 때 나는 멘토들에게 직업 선택의 기준에 대해 이렇게 물었다. "좋아하는 일, 잘하는 일, 안정적인 일, 남들이 선망하는 일 중 어느 것을 해야 할까요?" 멘토들이 권한 것은 좋아하는 일이거나 잘하는 일이었다. 잘하는 일을 하라고 권한 공병호 공병호연구소장은 직업적인 일은 잘하면 보상이 크고 좋아하는 일은 취미 생활로 할 수도 있다고 말했다. 젊은 시절 자신이 벤처 CEO로 전직한 건 실수였다면서 젊은 날에 뭘 잘할 수 있는지 발견한다면 큰 행운이고 축복이라고 했다. 좋아하는 일을 하겠다는 건 어쩌면 환상일 수도 있다고 덧붙였다.

잘할 수 있는 일도 좋아하지는 않는 일일 수 있다. 그렇더라도 어쩌면 잘하는 일에 주어지는 칭찬 같은 보상 덕에 그 일이 좋아질지도 모른다. 칭찬은 고래도 춤추게 한다지 않는가? 프리랜서로 사노라면 입금이야말로 고래도 춤추게 할 것 같다.

프리랜서에게 절대 갑은 없지만 도처에 갑이다.

세계적인 디자인 구루인 김영세 이노디자인 회장은 좋아하는 일을 직업으로 선택하면 일을 잘할 수 있다고 말했다. 그래서 자기 분야에서 성공하고 어쩌면 선망의 대상이 될 수도 있다고 부추겼다. 결국 직업적으로도 안정이 된다고 덧붙였다.

대한민국 대표 꿈쟁이를 자처하는 김수영 작가는 중요한 건 내가 하고 싶은 걸 하면서 사는 거라고 단언했다. 결정하기 힘들면 이렇게 자문자답해 보라고 권했다.

"만일 시한부 선고를 받아 1년 후에 죽는다면 난 지금 뭘 할까?"

그러나 좋아하는 일도, 하고 싶었던 일도 막상 직업이 되면 괴롭기 마련이다. 당연히 고달프다.

나는 종강 날이면 내 인생의 오답 노트를 공개한다. 단적으로 인생에 정답이란 없지만 잠정적인 해답은 있다고 이야기한다.

"역사의 현장에 알리바이란 없다."는 말도 한다. 촛불 집회에도 나가보고, 여행 등을 통해 일상에서 벗어나는 경험치를 쌓으라고 권한다.

또 생각대로 살고 싶으면 독서, 사색, 토론을 통해 내공을 쌓으라고 말한다. "여행이 길 위에서 하는 독서라면, 독서는 책상에 앉아 떠나는 여행이다."(정민 한양대 교수) 이 이야기에 "생각대로 클릭하지 않으면 클릭하는 대로 생각하게 된다."고 덧붙인다.

교보문고의 캐치프레이즈를 패러디해 "사람은 습관을 만들고 습관은 사람을 만든다."는 이야기도 한다. 좋은 습관이든 나쁜 습관이든 일단 몸에 배면 끌려 다니게 마련이다. 나쁜 글 습관 등 나쁜 습관을 버려야 할 이유이다. 전형적인 나쁜 글 습관은 군더더기 남기기, 문장이 늘어지는 것, '경우' 같은 불필요한 말의 습관적 사용 등이다.

"우리가 돈이 없지, '가오'가 없냐?"

영화 〈베테랑〉에서 광역수사대의 베테랑 형사로 나온 황정민이 내뱉은 말이다. 이 말은 베니스영화제에서 여우주연상을 탄 강수연이 부산국제영화제 심사를 맡았을 때 했던 말이라고 한다. 부산국제영화제가 부침을 겪어 영화판 사람들이 풀죽어 있을 때 그는 이렇게 말하며 다독였다고 한다. 〈베테랑〉을 연출한 류승완 감독은 한 인터뷰에서 "강수연 선배의 이 말이 마음에 박혀 언젠가 대사로 써먹으려 했다."고 밝혔다. '가오 있게'는 영화인들뿐 아니라 지식인이 사는 법이다.

나는 최순실의 국정 농단이 드러났을 때 박근혜 대통령이 국정에서 손 떼고 관저 대통령으로 남는 게 대안이라고 생각했다. 탄핵은 리스크가 너무 커 보였다. 내 판단은 보기 좋게, 아니 기분 좋게 빗나갔다.

영화 〈암살〉에서 학생 시절 조선총독 암살을 시도했던 변절자 이정재는 왜 배신했느냐는 전지현의 물음에 이렇게 답한다.

"몰랐으니깐, 해방될 줄 몰랐으니깐……."

합리적인 전망도 때로는 믿을 게 못 된다. 일제 강점기 독립운동가들은 합리적 전망을 믿지 않은 불합리한 사람들이다. 그랬기에 일제에 항거했고 가족들마저 희생시켰다. 그 후손들을 국가가 돌봐야 할 이유다.

퇴임한 대통령의 롤 모델인 지미 카터 전 미국 대통령은 재임 중엔 인기가 없었고 재선에도 실패했다. 해군사관학교를 졸업한 그는 대위 시절 핵잠수함 요원 선발을 위한 면접을 치렀다. 면접관은 훗날 미 역사상 가장 오랜 기간 해군 제독을 지낸 레코버 대령이었다. 대령이 "귀관은 해사 생도 시절을 성공적으로 보냈는가?"라고 물었다. 우수한 성적으로 졸업한 카터는 자신 있게 "예 써."라고 답했다. 대령이 다시 물었다.

"그러면 당시 최선을 다했다고 생각하는가?"

이번에도 "예 써."라고 답하고 나니 의구심이 생겼다. 잠시 후 카터는 "최선을 다한 거 같지는 않다."고 말을 바꿨다. 그러자 대령이 엄숙한 말투로 다시 물었다.

"왜 최선을 다하지 않았는가?(Why not the best?)"

레코버 대령이 던진 질문, "왜 최선을 다하지 않았느냐?"는 그의 '인생 질문'이 됐다. 그는 핵잠수함 요원에 선발됐고 전역 후 정치에 투신해 조지아 주지사를 거쳐 대통령에 당선됐다.

최선이란 최고의 성과를 가리키는 게 아니다. 주어진 여건에서 '제대로' 일하는 것이다. 나는 제자들에게 높은 수준으로 일하는 사람이 되라고 말한다. 일머리는 공부 머리와는 다르다. 일머리는 문제 해결 능력과 대안을 상상하는 능력이다.

사실 기자는-법률가가 그렇듯이-좋은 머리가 필수인 일이 아니다. 판사가 법과 양심에 따라 재판을 하듯이 기자는 양심과 직업 정신에 따라 내 기사를 쓰면 된다. 기사에 진실을 담아내겠다는 직업적 결심과 정의롭게 살겠다는 자세가 중요하다. 그러기 위해서는 권력의 눈치를 보지 말아야 한다. 자기 검열을 하지 말아야 한다.

과거엔 정치를 하기 위해 기자가 됐다는 선배도 있었다. 이제 좋은 시절은 지나갔고 기자는 더 이상 머리 좋은 사람이 하고 싶어 하는 일이 아니다.

어쩌다 언론은 공공의 적이 됐다. 기자들은 '기레기'라는 멸칭蔑稱으로 불린다. 서글픈 일이다. 이렇다 보니 기자를 정계 진출의 발판으로 삼으려는 가수요가 줄어들었다. 안 좋은 일에도 좋은 구석이 있다.

평가에
연연하지 않는다

"사장에겐 계급장 떼고 얘기하자고 할 수 있을 거 같은데 은사와는 안 되더라고요."

모교에서 언론학 석사 과정을 마치고 취직하겠다고 했을 때 만류하는 선후배들에게 호기롭게 던진 말이다. 막상 다녀보니 회사도 그런 조직은 아니었다.

내가 대학 선생의 꿈을 접은 건 어쩌면 성취동기가 박약했기 때문인지도 모른다. 취직하겠다고 했을 때 한 후배가 이렇게 말했다.

"형, 10년 고생하면 평생이 보장되는데 왜 그만둬요?"

유학파인 그도 대학에 몸담지는 못했다.

정년퇴직하기 전 나는 한국외국어대 등에서 언론 실무에 대한 강의를 했다. 어느 대학이든 캠퍼스는 회사보다 편하게 느껴졌다. 2016년 가을엔 모교에서 한국언론진흥재단 초빙 교수를 지냈다. 지금도 시간 강사로 출강한다. 전·현직 언론인 동문들과 팀 티칭을 한다. 모교 강단에 서는 게 공부하는 사람들의 꿈이라면 돌고 돌아 꿈을 이루기는 한 셈이다.

지금도 기사를 쓰고 나의 직업적 정체성은 여전히 기자이지만 요즘 내가 주로 하는 일은 강의다. 이른바 산업 강사로서 공공 기관과 기업에서 글쓰기 강의, 홍보직을 대상으로 하는 미디어 트레이닝도 한다. 어떤 주제든 강의를 하고 나면 다시 요청 받는 강의를 하려 한다. 일종의 재구매이다. 고문을 맡고 있는 홍보 대행사에서의 역할도 글쓰기 교육이다.

지난해 봄, 자동차 매거진 탑기어의 편집장으로 있는 한국잡지교육원 제자가 서울 여의도의 잡지교육원으로 찾아왔다. 스승의 날을 즈음해 유튜브 촬영차 페라리를 몰고 나타났다. 원생 시절에 "컨버터블이 로망"이라고 했던 내 이야기가 생각났다고 했다. 오래전 독일 프랑크푸르트 모터쇼에 취재차 갔을 때의 일이다. 나는 전시장에 있는 거의 모든 컨버터블의 운전석에 앉아봤다. 동행한 후배에게 인증 샷을 부탁했다. 귀국 후 나의 두 아이에게 농반진반으로 나중에 컨버터블을 선물로 사달라고 얘기했다.

어쨌거나 제자 덕분에 나는 3억 원짜리 빨간 페라리에 올랐다. 영화 〈여인의 향기〉의 알 파치노처럼. 알 파치노는 내가 좋아하는 배우이고, 〈여인의 향기〉는 특히 좋아하는 그의 영화이다. 나와 그의 공통점은 신장이 같다는 것이다. 170센티미터. 알 파치노가 연기한 프랭크 슬레이드는 괴팍한 성격의 예비역 미 육군 중령이다. 사고로 시력을 잃어 전역한 그는 크리스마스에 고향에 가기 위해 추수감사절 연휴 동안 그를 돌보는 아르바이트를 하러 온 찰리 심스와 뉴욕 여행을 떠난다. 둘은 뉴욕 시내에서 페라리를 시승한다. 앞을 못 보는 프랭크가 운전석에 앉고 조수석의 찰리가 길을 안내한다. 이 위험한 질주는 교통경찰의 저지로 막을 내린다. 찰리의 귀띔을 받아 프랭크는 미모의 젊은 여성과 탱고도 춘다. 뉴욕의 최고급 호텔인 월도프 아스토리아에서 권총 자살하려던 계획을 찰리의 만류로 접은 그는 집으로 돌아온 후 찰리가 다니는 명문 베어드고등학교를 찾는다. 강당에서는 교장을 골탕 먹이려 교장의 차에 페인트 세례를 베푼 학생들에 대한 징계위원회가 열리고 있었다. 이 사건을 목격한 찰리와 그의 친구는 교장으로부터 범인에 대한 밀고를 강요당한다. 친구는 이 학교 동문이자 부자인 아버지 백을 믿고 모호하게나마 범인들을 지목하지만 찰리는 끝내 친구를 고발하지 않는다. 교장이 명예롭게 밀고하라고 강요할 때 프랭크가 단 위에 올라 일장 연설을 한다.

"난 판사가 아니라 찰리의 침묵이 옳은 건지 그른 건지 모릅니다. 그러나 이것 하나만은 말할 수 있어요. 찰리는 자신의 미래를 위해 누구도 팔아넘기지 않을 겁니다."

징계위원회는 이렇게 결정한다. 찰리의 친구가 모호하게 지목한 학생들은 근신, 친구는 어떤 포상도 받을 수 없음, 찰리는 더 이상 답변할 필요 없음. 강당을 메운 전교생은 환호하고, 강당을 나선 프랭크는 향수 냄새를 풍기는 한 여선생으로부터 인사를 받는다.

찰리는 프랭크의 좌절을 진심으로 이해했고, 프랭크는 고립무원인 찰리의 징계를 막는다. 이 장면에서 나는 세대를 뛰어넘는 인간적인 우정을 읽었다.

하버드대 로스쿨에서 계약법을 가르치는 킹스필드 교수는 "이번 학기 종강"이라고 말하고 강의실을 나서다 학생들의 느닷없는 기립 박수에 흠칫한다. 집요하게 질문 세례를 퍼붓는 그는 학생들에게 동경과 존경의 대상이자 두려운 존재이다. 인상적으로 기억하는 미국 드라마 〈하버드대학의 공부벌레들〉의 한 장면이다. 이 노교수처럼 나름대로 열심히 가르치고 평가에 연연하지 않겠다는 게 선생으로서의 나의 마음가짐이다.

강의를 할 때마다 수강자의 평가를 받는 시대에 이렇게 살기란 쉽지 않다. 서울의 어느 대학에 출강하던 때의 일이다. 그 학교 교수로 강의를 주선한 언론계 선배로부터 내 강의 평가 점수가 위험하다는 경고를 받았다. 그 학교는 시간 강사의 경우 하위 몇 %에 대해 출강을 제한했다. 전 학기보다 열심히 가르쳤고 강의 평가가 낮은 적이 없었기에 내심 언짢았다. 다른 땐 들어가 보지도 않던 강의 평가를 읽어봤다. 한 학생이 이렇게 적었다.

"교수님, 저희는 철인이 아닙니다."

그때나 지금이나 강의 평가를 의식해 수업 강도를 조절할 생각은 없다. 열흘에 걸쳐 60시간 강의하는 잡지교육원의 '실전 인터뷰 기술-섭외 노하우부터 취재원 관리 스킬까지'는 1일 1 실습의 강행군이다. 인터뷰 수업에 대해 한 원생은 '인터뷰 지옥 주간 시작'이라고 썼다. 원생들이 쓴 실습 기사를 공개적으로 리뷰할 때면 회칼 쓰듯 기사에 대해 미시적 난도질을 한다.

강의 평가를 떠나 소설 『그리스인 조르바』를 쓴 니코스 카잔차키스의 묘비명처럼 살고 싶다는, 나로서는 족탈불급의 소망이 있다. 카잔차키스는 일찍이 이 묘비명을 생각했고, 사후에 이대로 묘비에 새겨졌다고 한다.

"나는 아무것도 바라지 않는다. 나는 아무것도 두려워하지 않는다. 나는 자유다."

기독교 환원 운동restoration movement을 하는 사람들의 구호대로 살고 싶은 또 다른 소망이 있다. "본질에선 일치unity를, 비본질적인 것엔 자유liberty를 그리고 모든 것에 사랑charity을."

4

꼰대지만 진보를 꿈꾼다

왕꼰대가 되고 싶지 않은 꼰대

후배가 젊은이들의 인기 매체라고 소개한 '뉴닉'에서 이 매체의 '여성 용어 가이드'라는 글을 읽었다. 우선 뉴닉은 3인칭 대명사를 '그'와 '그녀'로 구분하지 않고 '그'로 통일해 쓴다. 나도 언젠가부터 인터뷰 기사에서 여성 3인칭 대명사도 '그'라고 쓴다. '뉴닉'은 또 낙태 말고 '임신 중단'을, 저출산 말고 '저출생'이라는 말을 쓴다. 산모보다 태아에 초점을 맞추고, 출산의 당사자인 여성의 책임보다 이 사회의 책임을 부각하기 위해서라고 한다. 수긍할 만하다. 유모차는 '유아차'라고 한다. 유모차는 이 유아용 이동 수단을 미는 주체가 엄마(여성)라는 인식을 담고 있다. 이렇게 또 한 수 배웠다.

'뉴닉'의 출발점은 밀레니얼 세대 입장에서 뉴스는 너무 많을뿐더러 말이 어렵고 앞뒤 맥락을 잘 모르겠다는 것이다. 기업 글쓰기 강의 때 기사처럼 쉽게 쓰라고 얘기하는 나로서는 이런 착안점이 흥미로웠다. 기사 스타일은 사실 신문을 팔아먹기 위해 200년에 걸쳐 진화해 잘 읽히는 문체이다.

기원전 1700년경 수메르의 점토판엔 "요즘 젊은이들은 너무 버릇이 없다."고 기록돼 있다고 한다. 소크라테스는 이렇게 말했다고 전해진다.

"요즘 아이들은 버릇이 없다. 부모에게 대들고, 음식을 게걸스럽게 먹고, 스승에게도 대든다."

인류 역사상 세대차가 없었던 시대는 없을 것이다. 윗세대는 자기 잣대를 기준으로 버릇없다고 했고 아랫세대는 이들이 '꼰대스럽다'고 했을 것이다.

꼰대는 노인이나 선생님을 가리키는 은어다. 이 말은 영국 BBC 방송을 통해 해외에도 알려졌다. BBC는 지난해 가을 자사 페이스북 페이지에 '오늘의 단어'로 'kkondae(꼰대)'를 소개했다. "자신이 항상 옳다고 믿는 나이 많은 사람(다른 사람은 늘 잘못됐다고 여김)"이라고 풀이했다. 환갑을 넘긴 노인인 나는 기자 생활을 하면서 20년 가까이 가르치는 일에 종사했다.

꼰대의 두 필요조건을 갖춘 '천생 꼰대'인 셈이다. 지난해 봄 한국잡지교육원을 수료한 제자들과 저녁을 같이했을 때도 거의 혼자 떠든 것 같아 귀갓길에 반성했다.

나는 기자 지망생 제자들이 쓴 인터뷰 실습 기사에 가차 없이 칼질을 한다. 빨강, 파랑, 초록 세 가지 색 볼펜으로 가하는 이 '미시적 난도질'은 원생들 사이에서 악명이 높다. 그러나 이 칼질은 일부 오류를 지적한 것 말고는 대부분 대안적 접근일 뿐이다. 퇴고할 때 이런 대안을 검토했기를 바라고 비교형량比較衡量: 대상 사이의 이익의 크기를 서로 비교하여 그 우열을 검토·판단한다는 뜻해 자신의 원안이 낫겠다 싶으면 원안을 고수해도 좋다고 말한다.

꼰대의 가장 일반적 특성은 자신의 오랜 경험을 기준으로 상대를 바라보고 재단하려 드는 것이다. "나 때는 말이야"가 꼰대어 사전의 맨 앞자리를 차지하는 배경이다. 이탈리아어로 우유를 뜻하는 라테latte는 한국에 상륙해 어쩌다 "Latte is horse(나 때는 말이야)"라는, 꼰대를 희화화하는 꼰대어의 약어가 돼버렸다. 왕꼰대는 이럴 때 "왕년에 말이야"라고 한다.

꼰대는 자신이 옳다는 생각에 걸핏하면 가르치고 지적질을 한다. 또 자신이 지위나 서열이 더 높다는 이유로 연하자에게 반말을 하고, 심지어 무시한다.

꼰대어 사전엔 "내가 누군지 알아?"도 올라 있다. 꼰대는 의

전과 특권에 익숙해 대접이 기대치에 못 미치면 자존심 상해 한다. 우리 사회의 권위주의와 가부장주의는 꼰대들의 정신적 생태계이다. 무엇보다 꼰대는 후배들이 끼워주지 않아 자기들끼리 어울리다 보니 꼰대인 걸 자각하기도 어렵다.

나는 왕꼰대가 되고 싶지 않은 소심한 꼰대인지도 모른다. 그러나 꼰대 지수 같은 게 있다면 또래보다는 낮을 거라 자부한다. "개그를 다큐로 받지 말라."는 말을 가끔 하지만, 내가 웃자고 한 이야기에 열받아 누군가는 죽자고 달려들 수도 있다고 생각한다. 내가 당연하다고 생각하는 것들이 때로는 내 생각일 뿐일 수 있다고 받아들인다.

나는 뼛속까지 리버럴이지만 정치적 올바름political correctness의 자세를 유지하려 노력한다. 나는 개신교 신자로서 개역 성경의 '형제'를 표준 새번역 개정판이 '형제자매'로 바꾼 것에 동의한다.

사과 한 마디 없이 의사 국가 시험을 치르겠다는 의대생들을 겨냥해선 페이스북 담벼락에 이렇게 올렸다.

"안동국시도 아니고, 밥상 걷어찰 땐 언제고 다시 차리라며 대국민 사과 한 마디 없다. 뻔뻔하기가 '전국 1등'이다."

그러자 한 페친이 "왜 안동국시냐?"고 댓글을 달았다. "안동국시 한 그릇 차려낸 상도 아니고, 앞서 정부가 일주일 연기하고 접수 기한도 두 차례 연장해 준 의사 국시를 거부했습니다."
라고 대댓글을 달고 이렇게 덧붙였다. "안동 비하는 아닙니다 ~ ㅎ"

아들·딸을 프랑스의 장관과 대사로 키운 오영석 전 카이스트 초빙 교수는 "요즘 시니어가 대접을 못 받는 덴 시니어의 책임이 크다."고 말했다.

"지하철에서 노인에게 자리를 양보하는 건 젊은 사람들의 의무가 아닙니다. 그런데 어떤 노인은 자리를 양보 받고도 당연하다는 듯이 고맙다는 말도 안 해요. 자존감이 낮으면 남을 배려하는 힘도 달립니다."

프랑스 국립응용과학원 교수를 지냈고 프랑스에서 25년간 산 그는 인터뷰 때 자신은 젊은이에게 절대 반말을 하지 않는다고 했다.

"프랑스어에도 반말은 있어요. 프랑스에서 반말은 하대가 아니라 친근감의 표시죠."

그는 또 "부모가 자식의 전공·진로 결정에 개입하는 건 자식과 동반 자살하려는 거와 같다."고 주장했다.

"인간이 어떻게 다른 인간의 장래를 책임집니까? 그랬다가 잘못되면 '애야, 미안하다. 한 번뿐인 너의 인생을 내가 망치고 말았구나.' 할 건가요?"

그는 부모의 역할은 "자식에게 모범을 보이고 자신의 경험을 바탕으로 전망 내지는 조언해 주는 것까지"라고 못 박았다.

"경험이란 망루와 같습니다. 많이 쌓일수록 망루가 높아져 앞을 멀리 내다볼 수 있죠."

그는 "인생이라는 여행길은 출구가 여럿인 넓은 방을 둘러보는 것과 같다."고 설명했다.

"어느 시기에 어느 문을 여느냐에 따라 인생의 방향이 결정되죠. 중요한 건 그 문을 제 손으로 열어야 한다는 겁니다. 남이 열어주는 문은 관 뚜껑밖에 없어요."

나는 자식이 성인이 되면 자식과도 수평적 관계를 맺어야 한다고 생각한다. 자식에게도 잘못했으면 사과하고 용서를 빌어야 한다는 생각이다. 사과한다고 약점을 잡히는 것도 아니다. 오히려 관계가 좋아질 가능성이 크다.

언론사에서는 보통 후배에게 반말을 한다. 타사 후배들에게도 말을 놓는다. 나도 반말을 했고, 퇴직한 지 7년이 됐지만 지금도 업계 후배를 만나면 반말을 한다. 선배와의 대화에 센스 있게 중간중간 반말을 섞는 후배도 있다.

나는 연하자와의 수평적 커뮤니케이션을 '시인의 마을'이라는 페이스북 그룹에서 활동하며 몸으로 익혔다. 시인이라고는 한 명도 없는 이 마을 사람들은 오프라인 모임 때 이름 뒤에 '님' 자를 붙여 호칭한다. 리더는 이장님이라고 불리는데, 초대

이장은 "예수님, 부처님과 동급의 예우"라고 설명했다.

아무리 연장자라고 해도 반말은 암묵적으로라도 합의가 이뤄졌을 때만 사용하는 것이 상식이다.

삼성맨 출신으로 CJ코퍼레이션과 동부제철 사장을 지낸 천주욱 창의력연구소장은 "'나 때는 말이야' 하려면 그때와 더불어 지금의 문화도 알아야 한다."고 주장했다.

2년 전 고희를 넘긴 그는 "인터넷에 접속해 지금 무엇이 유행하는지 파악하라."고 권했다.

"젊은 세대의 생각과 풍조가 어떤지도 파악해야죠. 비판을 하더라도 대안을 제시해야 합니다."

꼰대가 되지 않으려 오늘도 나는 부단히 성찰한다. 학습을 하고 이런저런 혁신도 한다. 꼰대스럽지 않은 시니어로 사는 게 인생 2막 나의 목표다.

그때 '노'라고 말했어야 했다

대학 시절 나는 연극을 했다. 학과 단위 연극이었다. 1학년 땐 스태프를 했고, 2학년 땐 무대에 섰다. 이듬해 연출을 맡기로 했는데 2학년 마친 후 집안 사정으로 군대를 가게 됐다. 결국 동기가 그해 연극을 연출했다.

그 시절 우리는 가을 무대에 올리기 위해 여름 방학 내내 학교에서 만나 연극 연습을 했다. 한 끼를 해결하기 위해 밖으로 나갔다 연습실로 돌아오는 길에 우리는 노래를 흥얼거렸다. 당시 유행하던 노래, 연극과는 무관한 그 노래를 우리는 주제가라고 명명했다. 1학년 때 캠퍼스에 울려 퍼진 주제가는 이수만의 「행복」이었다.

"사랑하고 미워하는 그 모든 것을
못 본 척 눈감으며 외면하고
지나간 날들을 가난이라 여기며
행복을 그리며 오늘도 보낸다.
비 적신 꽃잎에 깨끗한 기억마저
휘파람 불며 하늘로 날리면
행복은 멀리 파도를 넘는다."

오래전 이수만과의 인터뷰 때 그에게 이 이야기를 했다. 당시 연극을 같이한 한 친구는 훗날 드라마 PD가 됐고 유명 탤런트와 결혼했다. 그가 약혼하던 날, 다른 한 친구와 이 노래를 약혼 축가로 불렀다.

촌극 수준이었지만, 조해일의 〈건강진단〉을 서클과 교회에서 한 차례씩 무대에 올렸을 땐 기획 및 연출을 맡았다. 캐스팅을 할 때면 "연극 속의 자기가 아니라 자기 안의 연극을 사랑하라."는 말을 인용했다. 메소드 연기의 아버지로 통하는 콘스탄틴 스타니슬랍스키가 한 말로 기억한다. 연출가이자 배우였던 그는 이런 말도 남겼다.

"기억하라. 작은 배역이란 없다. 작은 배우가 있을 뿐."

입대 후 3년 반 만에 대학에 복학한 나는 그새 중단된 학과 연극을 되살리고 싶었다. 연출을 맡았다. 1, 2학년 현역 후배들과 의기투합해 상연작으로 이문열의 단편 「나자레를 아십니까」를 골랐다. 후배의 어머니가 연극 대본으로 각색을 했다. 후배들과 연극 연습을 시작했다. 어느 날 학과장이 연습 장소였던 강의실에 들이닥쳤다. 연극 연습조차 집회 허가를 받아야 하던 시절이었다. 그는 허가를 받지 않은 만큼 이 연습은 엄연한 불법 집회라고 말했다.

"이 군, 이 건으로 자네를 징계할 수도 있어."

그날 그 교수는 자신이 누구보다도 연극을 사랑한다고 말했다. 진정 연극을 사랑한다면 그런 말은 하지 않는 게 나았겠다는 생각을 한 기억이 지금도 또렷하다. 어쨌거나 자신이 사랑하는 연극을 해보겠다고 모인 제자들 아닌가?

집회 허가를 받기 전이었지만, 학과장은 중단됐던 연극을 재개한다는 사실을 알고 있었다. 그런 상황에서 다른 학과 소속의 학장으로부터 "신방과 연극 한다면서요?" 소리를 듣고서 돌연 절차 문제를 따진 것이다. 전두환 신군부 정권하였지만 상연작은 문제를 삼을 만한 사회극도 아니었다.

나의 결정으로 연극 연습은 중단됐다. 그 후 동력이 떨어져 결국 상연의 꿈을 접고 말았다. 이 일은 내 삶을 통틀어 가장 후회스러운 결정이다. 그때 학과장 교수에게 연극 연습을 중단할 수는 없다고 말했어야 했다.

성숙한 사람이 되려면 세 가지 용기가 필요하다고 한다. 거절당할 용기, 상처로 인정하고 받아들일 용기, 남의 장점에 직면할 용기다. 인간으로서의 성숙도를 떠나 이런 용기를 내는 게 자기 인생을 제대로 사는 것이리라. 미국의 사상가이자 시인인 랄프 왈도 에머슨은 다른 사람에게서 장점을 발견해 내는 것이 성공이라고 읊었다.

나는 군 입대 전 여학생과 미팅을 하면 애프터 신청을 하지 않았다. 한번은 대학 때 서클을 같이한 여자 동기가 나와 미팅을 한 여학생이 자기 친구라며 왜 애프터를 신청하지 않았느냐고 물었다. 적당히 얼버무렸지만 거절당할까 봐 두려워서였다.

연극을 한 후로 나는 영화감독이 되고 싶었다. 복학 후 단짝이던 친구와 영화론 수업을 들었을 때의 일이다. 연극 공연을 막았던 학과장이 담당한 이 과목은 시험을 보는 대신 영화평을 리포트로 제출했다. 주머니 사정이 좋지 않았는데 수업 시간에 공짜 영화표가 돌았다. 감독 겸업을 선언한 고 하길종 감독의 동생 하명중의 감독 데뷔작 〈X〉의 초대권이었다. 고 하길종은 미국 UCLA에서 영화를 전공한 첫 유학파 감독으로 〈바보들의 행진〉 등의 작품을 남겼다.

하명중은 영화 〈X〉로 대종상 신인 감독상을 받았다. 조해일 원작의 영화는 그러나 난해했다. 단짝 친구가 하 감독에게 만나자고 전화를 걸었다. 영화론을 듣는 학생이라는 말이 배우 출신의 이 신예 감독에겐 영화학도쯤으로 들렸을 것이다. 우리는 상영관이던 서울극장으로 찾아갔다. 하 감독이 주연 남녀 배우인 하재영과 이미숙을 좌우에 대동하고 나타났다. 우리는 서울극장 뒷골목 대폿집에 마주 앉았다. 대스타이자 여전히 현역인 이미숙에게 "연기가 좀 경직돼 보였다."는 소리를 한 기억이 난다. 훗날 최인호 원작의 영화 〈겨울나그네〉에 나온 그 이미숙. 여배우 앞에서 영화와 연기에 대해 아는 척하고 싶었다.

영화감독이 되는 경로로 나는 드라마 PD를 염두에 뒀다. 부모님은 드라마 PD라는 직업을 탐탁지 않게 여겼다. 복학 후 학점을 만회하기 위해 도서관에서 살다시피 할 때였다. 공부도 하다 보니 할 만했다. 대학 선생이나 할까 하는 생각으로 대학원에 진학했다. 석사 논문 발표회장에서 지도 교수와 부딪힌 후 신문사에 들어갔다. 2016년 나는 모교에서 한국언론진흥재단 초빙 교수를 지냈다. 교수의 꿈을 접은 지 30년 만에 돌고 돌아 모교 강단에 선 것이다. 돌이켜보면 신문사에 입사한 건 교수의 꿈이 간절하지 않았기 때문이었다.

우리 삶을 옥죄는 건 각종 욕구와 두려움이다. 나는 평생 인정 욕구와 비난에 대한 두려움에 짓눌려 살았다. 구순을 바라보는 나의 아버지는 아들을 상대로 '인정 투쟁'을 벌인다.

"사람의 일생은 무거운 짐을 지고 먼 길을 가는 것과 같다."(전국 시대에 일본을 통일한 도쿠가와 이에야스의 유훈)

"사랑받고자 하는 욕구에서 나를 구하소서.
칭찬받고자 하는 욕구에서 나를 구하소서.
명예로워지고자 하는 욕구에서 나를 구하소서.
신뢰받고자 하는 욕구에서 나를 구하소서.
인기를 누리고자 하는 욕구에서 나를 구하소서.
굴욕에 대한 두려움에서 나를 구하소서.
멸시에 대한 두려움에서 나를 구하소서.
비난에 대한 두려움에서 나를 구하소서.
중상모략에 대한 두려움에서 나를 구하소서.
잊히는 두려움에서 나를 구하소서.
오해받는 두려움에서 나를 구하소서.
조롱당하는 두려움에서 나를 구하소서.
배신당하는 두려움에서 나를 구하소서."
(마더 테레사의 「나의 기도」)

「나의 기도」에서 테레사 수녀가 빠져들지 않도록 해달라고 신에게 구한 것도 바로 욕구와 두려움이다. 마더 테레사의 간구는 어느 날 내 가슴으로 들어와 나의 기도가 되었다.

진보란
약자 편에 서는 것

남자에게 아들은 그 존재 자체가 도전이다. 미수를 바라보는, 함께 사는 아버지와의 관계에서, 군복무 중인 아들과의 관계에서 수시로 나는 이렇게 느낀다.

아들은 세월호 세대이다. 세월호에서 희생된 안산 단원고 2학년 아이들과 동갑내기이다. 초등학교 시절에 아들은 비만형이었다. 집 앞의 동산 세심천도 안 올라가려 들었다. 당시 함께 일했던 직장 선배가 아들과의 한라산 등반을 권했다. 얼마 전 한라산에 올랐는데 아빠와 아들이 동반 산행하는 모습이 좋아 보이더라고 했다. 나는 아들에게 아빠와 한라산을 가야 한다고 말했다. 여러 날 반복해 '주입'한 끝에 아들은 이 산행에 대해 따라나서야 하는 거로 받아들였다.

인천에서 밤배를 타고 새벽 미명에 제주도에 내렸다. 나중에 알았지만 바로 세월호의 코스이다. 버스로 이동해 한라산 등반을 시작했다. 명색이 봄인 4월이었는데, 휴게소에 이르자 눈발이 날렸다. 여행사에서 준 차가운 도시락을 먹었다. 눈물 젖은 빵이 아니라 봄눈이 녹아 눈물에 젖은 도시락이었다. 정말 좌고우면하지 않고 앞만 보고 올라 백록담에 다다랐다. 마주치는 어른들이 아들의 머리를 쓰다듬어줬다. 나는 디지털카메라로 아들의 모습을 수시로 기록했다. 하산 길엔 북쪽으로 내려왔다. 말 그대로 노스페이스. 여행사가 귀띔해 준 대로 미리 준비한 아이젠을 난생처음 착용했다. 도중에 아들이 너무 힘이 드는지 눈물을 흘렸다. 대학 1학년 때에 이어 쉰에 두 번째 한라산 등정을 시도한 나도 아들에게 내색은 하지 않았지만 힘겨웠다. 나는 아들에게 보는 사람도 없으니 소리 내어 울어도 괜찮다고 했다.

여행사에서 대기시킨, 부두로 가는 버스를 과연 탈 수 있을지 불확실했다. 나는 하산을 서둘러 이 버스에 오를 수 있으면 택시비를 특별 용돈으로 지급하겠다고 아들에게 말했다. 그러나 결국 버스를 놓쳤고 택시를 타야 했다.

ROTC 2년차 가을, 아들은 입대를 앞두고 열심히 운동을 했다. 그 바람에 살이 빠져 입던 바지를 입을 수가 없었다. 버리게 생긴 아들의 청바지를 내가 물려받았다. 한 벌은 '찢청'이다. 요즘 내가 이 '찢청'을 걸친다. 과거 가출한 아들에게 '아버지 바지 줄여 놨으니 돌아오라'고 하던 시절이 있었다. 아들이 입던 바지를 물려 입다니, 그야말로 격세지감이 든다.

내가 두 번 인터뷰한 대학 7년 선배 고 김덕상 OCR Inc. 전 대표는 첫 인터뷰 때 "자식이 편지든 문자든 서면으로 존경한다고 쓴 것을 봤을 때 그 행복감이란 이루 말할 수 없다."고 했다. 그래서 가까운 친구와 후배에게 "부러우면 지는 거니 자식에게서 존경한다는 소리 한번 들어보라."고 자랑질을 한다고 했다. 그의 말대로, 누군가에게 존경한다고 할 땐 보통 그를 닮고 싶다는 생각이 전제된다.

김 전 대표는 IMF 체제 당시 투자에 실패해 큰돈을 날렸다. 파산 지경에 막대한 빚까지 지게 됐다. 결국 호주에 유학 중인 두 자녀도 귀국시켜야 했다. 그때까지 그는 유학 시절을 비롯해 두 아이에게 2,000통가량의 편지를 썼다고 한다. (자녀들이 한 답장은 100여 통이었다고 한다.)

그 무렵 그는 영국 출장길에 일을 보고 나서 눈에 익은 한 고층 빌딩 옥상에 올라갔다. 뛰어내리고 싶었다. 한참을 망설이며 어슬렁거렸다. 마침 양복 안주머니에 딸이 호주에서 보낸

편지가 있었다.

"아빠, 그동안 어려운 여건에서도 전폭적으로 지원해 줘 고마워요. 나 나름대로 한국에서 열심히 해볼 게요. 그러니 아빠도 힘내세요."

그는 이국 땅 남의 빌딩 옥상에서 주체할 수 없을 만큼 많은 눈물을 쏟았다고 했다. '이렇게 격려해 주는 딸이 있는데 여기서 포기하면 안 된다.'는 생각이 들었다고 했다. 흐르는 눈물을 닦고 빌딩에서 내려온 그는 귀국길에 올랐다. 그 후 자신이 세운 상환 계획을 2년 앞당겨 은행 빚을 다 갚았다.

그는 2년 전 암으로 세상을 떠났다. 나는 그와 소액 기부 활동을 하는 페이스북 그룹 '나눔2900', 국내 유일의 민간 교도소인 소망교도소 재능 기부 글쓰기 강의 등을 같이했다. 재소자 대상 강의 때 그는 "존경받는 부모는 누구나 될 수 있다."고 말한다고 했다.

"출소해 인생 후반전을 다시 시작해 보세요. 쓰러져 못 일어나지 않는 한 인생의 실패자란 없습니다. 패자 부활전에서 올라가 우승하면 기쁨이 두 배가 되죠."

정작 자신은 병마를 이기지 못했다. 나는 그와 친한 다른 선배와 생전의 그를 문병했다. 그 선배에게 문병을 권하면서 나는 "조문보다 문병이 낫다."고 문자를 했다. 영면하기 열흘 전, 문병 간 사람에게 그는 생전에 보고 싶은 사람이 200명가량 더 있다고 말했다고 한다. 그로부터 몇 달 후 나는 그의 딸에게 그와 한 인터뷰의 음원-어쩌면 흔치 않을 그의 육성 파일을 보냈다.

장례 후 그의 부인으로부터 문자를 받았다. 아들과 딸이 누가 제일 보고 싶으냐고 묻자 그가 예수님이라고 답하더라는 것이다. 나는 "이제 다시 만날 소망이 생겼다고 받아들이셨으면 좋겠다."고 답했다.

"너무 일찍 가셔서 애통하지만 형처럼 살기는 정말 쉽지 않습니다. 저를 포함해 많은 후배들이 형에게서 좋은 영향을 받았습니다. 말 그대로 사람들에게 선한 영향력을 끼치고 예수님 곁으로 가신 거죠."

신자로서 나는 상을 당한 사람들에게 '나중에 다시 만날 소망이 생겼다.'고 위로를 한다. 이 인사가 공허할 때도 있다. 그렇지만 나중에 그와 다시 만나기를 소망한다. 오래전 100일도 안 돼 떠나보낸 나의 첫아이와 더불어.

아버지는 나에게 기독교 신앙을 물려줬지만 나는 그러지 못했다. 나처럼 모태 신앙인 아들은 어느 날 자신은 신앙이 없다고 털어놓았다. 요즘 같아서는 교회에 나가라고 아들에게 권하는 게 맞는지 모르겠다. 하나님은 여전히 신실하시지만 신실함으로 응답하는 교회가 드물기 때문이다. 이 은혜의 비상응성 자체가 어쩌면 은혜의 본질인지도 모른다.

은혜의 비상응성은 부자 관계에도 적용할 수 있다는 생각이다. 내리사랑이야말로 상호적이지 않은 부모 자식 관계를 상징하는 말 아닌가?

기독교 신자로서 나의 자부심은 내가 믿는 예수가 지상에서 약자 편에 섰다는 것이다. 두 아이에게는 강자에게 당당하고 약자에게 너그러운 사람이 되라고 얘기했다.

신자유주의 시대의 화두는 불평등이고, 진보는 평등을 최우선의 가치로 삼을 수밖에 없다. 평등할 때에 공동체 전 구성원의 행복감이 증진되기 때문이다. 신문기자 출신인 고종석은 『고종석의 문장』에서 한계 효용 체감의 법칙으로 이 원리를 설명한다. 열 사람으로 이루어진 공동체가 열 개의 상품을 보유할 때 한 사람이 열 개를 다 가진다면 두 개째부터 효용이 감소하지만 각자 한 개씩 가지면 총 효용이 최대화하고 결국 전체 구성원이 누리는 만족도도 최대치가 된다는 것이다.

진보가 기득권 수호적 처신으로 도덕적 권위를 상실했지만 약자 지향성마저 잃지는 않았다. 강명구 뉴욕시립대 교수는 "사회는 유기체와 같아 특정 사회적 약자들이 고통을 받으면 받을수록 멀쩡한 사람들의 삶도 비참하고 힘들어질 수밖에 없다."고 주장했다. 안병진 경희대 교수는 "1990년대 미국 리버럴들의 탐욕과 무절제가 토양이 돼 트럼프라는 괴물이 탄생했다."고 썼다. 진보가 기득권을 내려놓고 약자를 보호하는 건 우리 사회의 쇠락을 막는 길이다.

진보 엘리트는
도덕적 우위를 잃었다

1935년생인 아버지는 나보다 스물세 살 연장이다. 3남매를 둔 아버지는 스물다섯에 다섯 식구의 가장이 됐다. 그 세대에 속한 대부분의 사람이 그렇듯이 나의 부모는 신산한 삶을 살았다. 그 세대 대부분의 가족사는 한 편의 소설이다.

돌아가신 나의 어머니는 7남매 중 장녀였다. 초등학교 졸업 후 중학교 입학 시험에 합격했지만 장녀를 유독 아꼈던 아버지, 그러니까 나의 외할아버지가 돌아가시자 집에 들어앉아 살림을 해야 했다. 내가 어릴 적 학교에 제출하는 가정환경 조사서에 어머니의 학력을 아버지는 중졸이라고 적어 넣었다. 나는 어머니가 알파벳을 읽지 못했기에 중학교를 다니지 않았다는 것을 알고 있었다.

8년여 전 어머니가 췌장암으로 세상을 떠나신 후 아버지는 당신 뜻에 따라 독거하셨다. 당시 내가 살던 집에서 걸어갈 수 있는 거리에 사셨지만 나는 아버지를 자주 들여다보지 못했다. 그러다 덜컥 병이 나시는 바람에 두 집 살림을 합쳤다.

나의 아내는 50대 중반에 덜컥 홀시아버지를 모시게 됐다. 자신의 인생 계획에 없던 일이다. 아카데미상을 휩쓴 봉준호 감독의 영화 〈기생충〉 개봉 후 "다 계획이 있구나."라는 대사가 유행어가 됐지만, 인생은 흔히 계획한 대로 흘러가지 않는다.

우리 집은 3대 가정이다. 그런데 어느 날 딸이 독립 선언을 했다. 그에 앞서 우리 집의 유일한 출퇴근자인 딸의 통근 편의를 위해 우리는 서울 도봉구에서 일시적으로 동대문께로 이사를 했다. 대학로 반대편의 낙산 자락. 그 시절 나는 낙산을 거쳐 마로니에 공원까지 산책을 다녔다. 내 생애에서 대학로까지 걸어서 다니는 일도 내다보지 못한 일이었다. 대학로엔 학림다방이 있다. 공군 사병 시절 외출을 나오면 귀대 전 가끔 학림다방을 찾았다. 그 황금 같은 시간을 거기서 죽였다. 1970년대 중반 고교 시절에 교사들의 눈을 피해 여학생들과 미팅을 한 성베다관도 대학로에 있었다.

딸은, 자기 때문에 시내 쪽으로 이사했는데 집을 나가 따로 살겠다고 말했다. 아내는 이 현실을 잘 받아들이지 못했다. 딸은 지척의 오피스텔로 이사했고 아내는 한동안 빈 둥지 증후군을 앓았다.

딸과 네 살 터울인 아들은 집에서 15분 거리의 부대에서 군복무 중이다. 코로나19 사태 이전에도 주말에 어쩌다 집에 왔다. 3대 가정이기는 하지만 사실상 2대 세 식구의 단출한 가정인 셈이다.

아침이면 나는 아버지와 둘이 식사를 한다. 달걀 삶는 기구에 내가 달걀을 삶고 토스터에 빵을 굽는다. 사과도 한 알 깎는다. 토마토를 먹을 때도 있다. 한동안 커피를 내리다가 얼마 전 인스턴트커피로 바꿨다. 이 일은 본래 아내가 하던 것이다. 아침 준비를 하고 방으로 들어가는 아내에게 어느 날 자청해 내가 아침 식사 당번을 하겠다고 했다.

나의 아버지는 한국전 참전 용사이다. 전쟁 통에 먹고살 일이 막막해지자 열여섯에 나이를 속이고 입대하셨다. 공군 사병으로 복무하는 동안 북한군 포로의 신문을 담당하셨다고 한다.

우리 부자는 어쩌다 아침 식탁에서 정치를 주제로 대화를 한다. 그때마다 번번이 의견이 갈린다. 그래도 나는 이 세대 간 대화를 포기하지 않는다. 아버지에게 손주들이 살아갈 세상이 '좋은 세상'의 판단 기준이 되어야 한다고 주장한다.

2020년은 대한민국 인구 감소 원년이었다. 통계청은 당초 이듬해인 2021년부터 인구가 줄어들 것이라 내다봤다. 코로나19가 미치는 영향까지 감안하면 2021년 합계 출산율은 0.7명대로 떨어질 것으로 보인다. 서울은 이미 0.72명이다. 아이를 키울 만한 세상이 아닌 것이다. 그런데 2020년 취업자 수 통계를 보면 60대 취업자만 늘어났다. 20대와 30대 취업자는 각각 14만6,000명, 16만5,000명 줄었지만 60대는 37만5,000명 늘었다. 코로나19가 가중한 취업난을 고령층은 비껴간 셈이다.

아버지는 오래된 '안보 보수'이다. 1980년 광주에 북한군이 투입됐다는 이야기를 카카오톡으로 받고서 입에 올리신 일도 있다. 아버지도 모르시지야 않겠지만, 나는 메신저나 개인 유튜브 채널은 공신력 있는 미디어가 아니라고 이야기했다. 하기야 메이저 신문도 정파성에 매몰돼가는 시대이다.

과거 보수 정권이 안보를 더 튼튼히 한 것도 아니라고 설명했다. 만일 계층 투표를 한다면 아버지가 보수 정당에 표를 줄 이유가 없다고도 말했다. 사실 안보를 정략적으로 이용하려 든다면 보수도 아니다. 전쟁과 분단 체제라는 질곡에 빠져 대한민국은 북한과 미국에 대한 입장이 진보·보수를 가르는 기준이 됐지만, 보수주의의 고향인 유럽에서 보수·진보를 가르는 건 경제나 복지 문제이다. 안보를 지키고 평화를 도모하는 데 보수와 진보가 따로 있을 수 없다.

나는 박근혜 전 대통령 탄핵을 앞두고 열린 광화문 촛불 집회에 여러 번 나갔다. 대학생, 기자가 되려는 대졸 취업 준비생들에게 강의할 때면 "역사의 현장에 알리바이란 없다."고 말한다. 조국 정국 당시 검찰 개혁을 요구하는 서초동 촛불 집회에도 한 번 나갔다. 그러나 조국 전 법무부 장관에 대한 입장을 떠나, 집회에서 '조국 수호'를 구호로 외칠 순 없었다. 조국 수호는 가치가 아니기 때문이다. 조국 정국에서 나는 페이스북에 좌파 선언을 했다. 조국 같은 강남 좌파와 달리 계층적으로도 모순이 없다.

1979년 여름, 10.26을 석 달여 앞두고 입대한 나는 전두환 신군부의 쿠데타, 80년 서울의 봄, 광주항쟁 등을 병영에서 겪었다. 아니 거의 '깜깜이'로 살았다. 초등학교 입학 후 군에 가기까지 나에게 역대 대통령은 박정희 단 한 사람이었다.

조국 사태, 민주당 출신 오거돈 전 부산시장의 업무상 위력에 의한 성추행 사건, 정의기억연대와 관련한 윤미향 민주당 의원의 행적을 지켜보면서 나는 이 나라 진보 세력이 도덕적 권위를 잃었다고 판단한다. 그리고 고 박원순 서울시장의 극단적 선택과 김종철 정의당 대표의 제명.

진보 세력은 더 이상 도덕적 우위에 있지 않다. 사실 기득권 세력이 되면 기득권에 안주하고 기득권을 지키려들 수밖에 없다. 인지상정이다. 보수주의자가 그렇듯이 진보주의자에겐 오직 진보적 의제가 있을 뿐이다. 박원순 시장의 자살은 이런 생각을 더 굳히게 만들었다.

나는 나를 포함해 이른바 산업화 세대가 저마다 치열하게 살았다고 생각한다. 이 나라의 압축 성장을 자기 공으로 돌리는 것에 대해서도 수긍한다. 시니어들이 광화문 태극기 집회에 나가 '박근혜 석방'을 외치는 건 어쩌면 탄핵으로 자기 세대가 송두리째 부정당했다고 느끼기 때문인지도 모른다.

86세대를 포함해 기성세대는 보수든 진보든 능력주의에 포획됐다. 능력을 발판으로 계층 이동의 사다리를 타고 올라간 후엔 상승한 자신의 지위를 세습하려 든다. 능력주의는 한두 세대 만에 사실상 세습주의가 돼버렸다. 능력주의가 세습을 정당화하는 이데올로기가 된 것이다. 그 결과, 비범한 스펙을 쌓아 평범한 직장인 되는 게 꿈인 세상이 돼버렸고, 역사상 가장 스펙이 뛰어난 젊은 세대가 기성세대에 공정을 요구하고 있다.

구미 선진국을 따라잡는 캐치업이 당면 과제인 시절이 있었다. 우리나라는 캐치업을 잘해 패스트 팔로어가 됐다. 코로나19 사태로 우리 국민이 얻은 교훈은 평범한 시민들의 비범한 행동, 즉 사회적 연대가 이른바 'K-방역'이라는 괄목할 성과를 냈다는 것이다.

뉴 노멀 시대의 희망인 이 땅의 젊은 세대야말로 어쩌면 우리가 꿈꾼 ‘오래된 미래’를 현실로 만들 수 있을지 모른다. 그러도록 기성세대가 자리를 내줘야 한다. 그러자면 진보적 노인들이 기득권층이 된 86세대에 세대교체를 요구해야 한다.

지난 21대 총선 때 여야를 떠나 위성 정당들에 유권자들이 표를 주지 않았다면 장담컨대 우리 정치가 많이 바뀌었을 것이다. 더 이상 정치 자영업자들의 볼모가 되지 않아도 됐을지 모른다. 21대 총선으로 비로소 ‘탄핵의 강’은 건넜지만, 180석 거대 여당의 오만으로 개혁 정부 재집권의 꿈이 멀어질는지도 모른다. 악몽의 귀환. 고 노무현 대통령 탄핵에 분노한 시민들이 17대 총선 당시 여당인 열린우리당에 표를 몰아줬지만 결국 4년 만에 추락하고 만 것이 불과 14년 전이다.

삶이란 부모로부터 멀리 달아나는 시간

아들이 귀를 뚫었다. 대학 졸업과 ROTC 장교 임관을 한 달 남짓 앞두고 아들이 귀고리를 하고 나타났다. 아내에게 "입대 전 하고 싶은 것들을 다 해보겠다."고 했다더니 위시 리스트에 귀 뚫기가 들어 있었던 모양이다. 눈썹과 코에 피어싱도 하고 싶어 하는 걸 "아빠가 싫어한다."며 아내가 말렸다고 했다. 그다음 주말에 아들은 기어코 눈썹 피어싱을 하고 들어왔다. 올 것이 온 것이다. 머리는 제 손으로 노랗게 염색을 했다.

입영 전야는 아니었지만, 군대 가기 전의 그 헛헛함을 알기에 나는 보고 들었지만 덤덤한 척했다. 어차피 대한민국 육군 장교에게 귀고리는 허용되지 않을 것이다. 버킷 리스트까지야 아니었겠지만 하고 싶을 때, 아니 할 수 있을 때 해야지.

아들이 자랄 때 나는 이렇게 말했었다.

"아빠는 남자가 귀고리 하는 거 별로야."

아들이 나중에 귀고리를 하지 않기를 바라서였다.

유시민 작가의 글쓰기 책 『유시민의 글쓰기 특강』에는 이런 이야기가 나온다. 한 세대 전 그가 독일에 유학하던 시절의 일이다. 텔레비전 뉴스가 독일 사회민주당 전당 대회 전야제를 다뤘다. 당 지도부 인사들과 청년 당원들이 테크노 댄스를 추는 장면이 화면에 잡혔다. 그런데 한 여성 청년 당원이 귓바퀴에 피어싱을 여러 개 하고 있었다. 뉴스를 보던 독일 학생 둘이 유 작가 앞에서 논쟁을 벌였다.

"미친 것! …… 저 피어싱 말이야. …… 저런 금귀고리를 열 개나 달고 다닐 돈으로 아프리카 어린이들 학교 보내는 데 후원이나 하면 좋잖아!"

다른 학생이 "그럼 피어싱 말고 그냥 귀고리 한 쌍은 어때?" 하고 받았다. 욕설을 했던 학생이 "그거야 뭐, 괜찮지." 하고 반응했다. 이렇게 시작된 논쟁은 '미친 피어싱'이라고 한 학생의 패배로 끝났다.

귓바퀴에 하는 피어싱과 일반적인 귀고리 한 쌍은 어떻게 다를까? 어디까지가 정상이고 어디서부터 비정상인가? 정상성, 즉 정상적 장신구와 비정상적 장신구를 구분하는 객관적인 기준이란 없다. 신체에 낸 구멍에 끼우는 장신구의 착용 부위나 개수에 대해 정상성을 논할 수 없기 때문이다. 자신이 겪은 이 에피소드를 소개한 후 유 작가는 남의 취향을 두고 논쟁을 벌이지 말라고 권한다. 납득이 안 되는 남의 취향에 대해 미친 짓이라고 도덕적 가치 판단을 내릴 수는 있지만 판단의 근거를 제시하고 그 정당성을 논증할 수는 없기 때문이다. 나도 전적으로 동의한다. 글쓰기 강의 때 이 이야기를 소개하기도 한다.

나는 일찍이 나의 문화적 취향을 아이들에게 전승하고 싶었다. 그래서 아이들이 어렸을 적부터 내 취향이 아닌 것을 접할 때면 "아빠는 저거(취향) 별로야." 하고 넌지시 말하곤 했다.

나는 문화적으로는 보수적인 사람이다. 평생 이발소에서 머리를 깎았다. 그러다 지난해부터 아내를 대동하고 동네 미장원에 가 커트를 한다. 나이가 들면서 머리숱이 줄어들어 아내가 파마를 해보라고 권하지만 나의 소화 능력을 넘어선다며 한사코 뿌리친다.

춘추 시대 공자에게 제나라의 군주 제경공이 정치에 대해 물었다. 공자는 이렇게 답했다. "임금은 임금답고, 신하는 신하다우며, 어버이는 어버이답고, 자식은 자식다워야 한다君君, 臣臣,

父父, 子子." 사회의 구성원들이 각자 자기 위치에서 본분에 맞는 덕을 실천함으로써 올바른 사회 질서가 세워져 정명의 사회가 된다는 것이다. 공자의 정명正名 사상이다. 나는 정치적으로뿐만 아니라 문화적으로도 정명의 회복이 필요하다고 생각한다.

이런 생각에서 언젠가 딸내미에게 "남자는 남자답고 여자는 여자다워야 한다."라고 말한 일이 있다. 딸이 곧바로 "남자다운 게 뭐냐?"고 반문했다.

"가족이 위험에 처할 때 앞장서 대처하고……."

딸이 바로 반격했다.

"그게 왜 남자다운 건데?"

"……"

나는 할 말을 잃었다. 지금도 설명하기 벅차지만 나는 여전히 남자는 남자다워야 한다고 생각한다. 여자는 여자다워야 한다. '다움'의 내용을 어떻게 구성할 것이냐에 대해서는 여러 의견이 있을 수 있다. 남자다움을 강요하는 고정 관념-'맨박스'에선 벗어나야겠지만 남자로서 나는 남자다움을 포기해선 안 된다고 생각한다.

세상엔 말로 설명할 수 없는 이치들도 있다. 제 몸을 뚫어 착용하는 장신구, 파마머리는 여성적인 것이라는, 설명할 길 없는 고루한 생각을 나는 버리지 못한다. (삼국 시대엔 남녀 없이 널리 귀걸이를 했으니 남자의 장신구 착용에 대한 나의 부정적 인식은 취향이라기보다 문화적 편견이라고 할 수 있다.)

1970년대 후반 대학 시절에 나는 기독교 연합 동아리에서 활동했다. 여자 동기 중 담배를 피우는 친구들이 있었다. 나 자신도 담배를 피우면서 그땐 담배 피우는 여자 동기들을 삐딱하게 봤다. 남자가 담배를 피울 때와 달리, 담배 피우는 여자는 불량하다는 편견에 사로잡혀 있었다. 나는 결혼하면서 담배를 끊었지만 그 '여사친'들은 여전히 담배를 피운다. 그중 여성학을 전공한 친구는 대학에 몸담았다. 40여 년째 지켜보지만 그때나 지금이나 '건전하고' 자신의 삶에 충실한 친구들이다.

기독교 모태 신자인 나는 기독교를 통해 신을 만났다. 언제든 배교할 수 있다고 큰소리쳤지만 일정 반경 이상으로 벗어나지 못했다. 집안 분위기는 보수적이었고 내가 성장한 교회도 보수적이었다. 대학 때 교회에서 있었던 일이다. 담임 목사가 인도하는 집회 전에 내가 싱어롱 인도를 맡았다. 자연스레 앞자리에 앉게 됐다. 담임 목사가 찬송가를 부르자고 하면서 손뼉을 치게 했다. 다들 손뼉을 쳤지만 나는 손뼉을 치지 않았다. 당시 나는 복음 성가를 부를 땐 손뼉을 쳐도 되지만 찬송가는 손뼉 치면서 부르면 안 된다는 생각에 사로잡혀 있었다. 근거 없는 지독한 이분법이었다. 담임 목사가 계속 요구했지만 나는 끝까지 손뼉을 치지 않았다. 그러자 지금은 고인이 된 담임 목사가 나를 일으켜 세웠다.

"자네는 아버지가 장로이신데 왜 손뼉을 치지 않나?"

이 신경전에 아버지를 끌어들이는 게 부당하다고 느낀 나는 이렇게 지르고 말았다.

"아버지가 장로이지, 제가 장로입니까?"

지금은 찬송가를 부를 때 집회 인도자가 손뼉을 치라고 하면, 친다. 소극적으로나마 손뼉을 친다. 아닐 말로, 담배를 피울 때조차 기도를 해도 되느냐고 교황에게 물었다는 어느 수사처럼 손뼉을 칠 때조차 나는 찬양을 한다고 생각하면 될 일이다.

좌충우돌하던 그 시절, 우리 동아리의 지도 목사가 "기독교가 들어오기 전 이 땅에 살았던 사람들은 지옥에 갔다."고 얘기한 일이 있다. 도저히 납득할 수가 없었다. 그 치기 넘치던 시절의 나는 이렇게 받아쳤다.

"성삼문이 지옥에 갔다면 저도 지옥에 가 성삼문 옆에 거적때기 깔고 앉아 있겠습니다."

성삼문은 과연 지옥에 갔을까? 이 의문을 대학 후배이자 신학대 교수인 다른 목사가 풀어줬다. 자신도 이 의문에 빠졌었고 그래서 의문을 풀려 신과대에 진학했다는 그에게 유동식 교수가 이렇게 말했다고 한다.

"(천지를 창조하신) 하나님은 200여 년 전 선교사 등에 업혀

이 땅에 들어오시지 않았다."

무릎을 칠 만한 명답이다.

김해원 동화작가는 "대개의 사람에게 삶이란 부모로부터 멀리 달아나는 시간이었는지 모른다."고 칼럼에 썼다. 나는 두 아이가 나에게서 멀리 달아나기를 바란다. 달아난 만큼 나를 닮기보다 나와 달라지겠지만 문화적으로는 더 열린 사람이 될 것이다. 삶은 더 풍성해질 것이다.

"인생은 생각할수록 아름답고, 역사는 앞으로 발전한다."

고 김대중 대통령의 비문이다. 젊은 세대가 기성세대로부터 전방위로 달아날수록 세상은 더 아름다워지고 역사는 진보할는지도 모른다.

아이들이 나에게서 아무리 달아나려 해도 내가 그랬듯이 어쩌면 일정 반경을 벗어나지 못할지도 모른다. 나에게서 취할 만한 것이 있었다면 이미 성인이 된 아이들이 벌써 받아들였을 거라고 나는 믿는다. 아니 그렇게 믿고 싶다.

남자들이여,
배우자의 필요를 채우라

나는 잠잘 때 코를 심하게 곤다. 수면 무호흡증이 걱정될 정도다. 젊어서부터 그랬다. 바로 말고 모로 누우면 좀 덜 곤다. 모로 누울 땐 되도록 아내와 마주 보려 한다. 부부가 등 돌리고 누우면 지구를 한 바퀴 돌아야 만날 수 있다는 말이 있다. 옆에 누운 배우자를 만나기 위해 누가 세계 일주를 하나. 상대가 등을 돌릴 때 엄습하는 배우자와 단절된 느낌을 이렇게 표현한 것이리라.

'체크 6.' 전투기 조종사는 공중전이 벌어졌을 때 사각지대인 6시 방향, 즉 후방을 잘 체크해야 한다. 적기에 꼬리를 물리면 격추당하기 때문이다. 그래서 6시는 곧 죽음이 닥치는 방향 '데드 6'이기도 하다. 액션 영화에서 같은 편끼리 등을 맞대고 상대편과 싸우는 것도 6시 방향을 경계해서다. 꿈에 사투를 벌일 수도 있는 잠에 빠져들면서 등을 돌린다면 배우자에 대한 절대적인 신뢰의 표시로 해석할 수도 있다. '등을 맞대고 눈앞의 적과 싸워 배우자를 보호하리라.'

우리 가족은 몇 년 전 교회를 옮겼다. 해외의 한국 교포 교회뿐 아니라 모든 교회는 커뮤니티이다. 아내가 왜 꼭 옮겨야 하느냐고 내게 물었다. 마지막 관문이었다.

"나는 예배 시간에 설교를 들으면서 은혜를 받는 게 아니라 스트레스를 받아."

아내는 이 얘기를 듣고 이른바 이 수평 이동에 동의해 주었다. 요즘 새 신자들은 대부분 수평 이동하는 사람들이다. 우리 교회 담임 목사는 이제 교회의 목표는 성장이 아니라 건강한 교회라고 말한다. 100% 동의한다.

우리 부부는 소정의 새 신자 교육을 받았다. 교회의 방침에 따라 예배에만 집중했고 오랫동안 했던 찬양대 활동도 반년간 쉬었다. 우리 부부는 교회의 다양한 프로그램에 참여하기로 결심했다. 나는 재정 교실을 이수했고, 아내는 상담 아카데미 등 여러 프로그램에 참여해 '열공' 했다. 심리학을 전공한 아내는 상담 공부를 지속하려 대학원에 진학했다. 50대 후반에 늦깎이 연구자가 된 것이다.

나와 아내는 우리 교회의 '높은뜻친밀한부부학교'도 다녔다. 이수 후엔 2년간 스태프로 봉사했다. 기독교적 결혼관에 따르면 부부는 서로 돕는 배필로 지음 받았고 배우자에게 각각 남편과 아내로 완성되어가는 존재이다. 그리스도인의 결혼은 계약이 아니라 하나님이 아브라함과 맺은 것과 같은 언약이다. 우리 교회는 해마다 '결혼예비학교', '좋은부모학교'도 연다.

나는 네 번 결혼을 주례했다. 둘은 회사 후배였고, 나머지 둘은 각각 대학에서 가르친 제자와 친구 아들이었다. 나는 주례를 부탁 받으면 신랑·신부에게 좀처럼 극복이 안 되는 자신의 약점을 적게 한다. 그 약점을 식장에서 스크린에 띄운 후 낭독하게 한 적도 있다. 잘 고쳐지지 않는다고 미리 예비 배우자에게 스스로 고백한 단점이 이혼의 빌미가 되어서는 안 된다는 메시지를 전하고 싶었다. 또 인간관계의 기본인 배려와 존중은 누구보다도 배우자에게 적용돼야 한다고 말한다. 어느 결혼식장 주례에게서 귀동냥한 얘기지만, 혼인 서약은 나의 배우자에게서 '평생 잘 배우자'는 다짐이라고 얘기한다.

나는 근 30년 전 장애인의 날인 4월 20일에 내가 성장한 교회에서 결혼했다. 장애인의 날을 일부러 고른 건 아니었다. 뒤

늦게 장애인의 날인 줄 알았지만, 정서적 장애가 있어 돌봄을 필요로 한다는 점에서 내가 장애인의 날에 결혼한 건 나름 의미가 있다.

그 봄이 오기 전 겨울, 대학로의 한 경양식집에서 블라인드로 처음 만난 날 우리는 9시간가량 대화를 나눴다. 석 달 후 나는 다른 경양식집에서 냅킨을 한 장 뽑아 몇 줄 휘갈겼다. "평생 아내로 섬기겠다."는 프러포즈였다. 아내는 직업적인 글쟁이를 만나 평생 행복한 편지를 받고 싶어 했지만 나는 기대에 부응하지 못했다. 편지 글이 익숙지 않다고 궁색한 핑계를 댔다. 짧은 연애 기간 동안 우리는 만난 날보다 만난 횟수가 더 많았다. 하루에 두 번 만난 적도 있기 때문이다. 서른 번째 만난 날엔 장미 서른 송이를 뒷짐 지듯 들고 약속 장소에 나갔다.

좀 과장하면 처가가 있던 상계동과 내가 살던 자양동을 연결하는 동일로를 다시 포장할 수 있을 만큼 택시비를 뿌렸을 때 우리는 결혼했다. 아내가 다니던 극동방송국 동료·선후배들과 브라이덜 샤워도 했다. 방송국 동료들이 노래를 시켜 나는 양희은이 부른 번안곡 「일곱 송이 수선화」를 불렀다.

"눈부신 아침 햇살에 산과 들 눈뜰 때
그 맑은 시냇물 따라 내 마음도 흐르네.
가난한 이 마음을 당신께 드리리.

황금빛 수선화 일곱 송이도."

방송국 근처에 전세로 신혼집을 마련했다. 여러 번 이사를 했고 한때 본가에 얹혀 지내기도 했다. 이른바 시월드 어페어로, 또 아이들 문제로 우리는 많이 다퉜다. 비 온 뒤 땅이 굳어지면 폭우가 쏟아지는 격이었다.

둘째가 태어난 후 아내는 방송국을 그만뒀다. 오랜 경력 단절 끝에 두 아이의 사교육비를 충당하기 위해 아내는 영어 과외를 시작했다. 이순을 앞뒀지만 여전히 과외를 한다. 과외 선생의 정년은 몇 살일까?

그사이 시월드의 여왕 같았던 어머니가 췌장암으로 세상을 떠나셨다. 어머니 덕에 나는 메멘토 모리Memento mori: 언젠가 반드시 죽는다는 사실을 기억하라를 마음에 새겼다. 그 후 당신이 원해 독거하시던 아버지가 병을 얻었다. 아버지의 투병으로 아내는 50대 중반에 홀시아버지를 모시게 됐다.

아버지와 합치면서 우리는 전세로 옮겼다. 그 덕에 내 생애에 가장 큰 165㎡(50평대) 집에 살아봤다. 지난해 우리는 다시 내 집을 장만해 경기도 별내로 이주했다. 그새 집값이 많이 올라 있었다. 회사 다니는 동안 박봉이기도 했지만 나는 재테크엔 젬병이다. 잠깐 경제부 부동산팀에 근무했을 땐 친구들이 "네가 쓴 부동산 기사 보고 투자해도 되겠느냐?"며 웃었다.

나는 딸깍발이 기자로 살다 55세에 정년퇴직했다. 퇴직한 지 만 8년째. 그동안 하루도 쉬지 않았다. 얼마 전 나는 아내에게 "필요를 채워주고 자유를 주고 싶다."고 고백했다. 진심이었다. 사실 그것 말고는 딱히 줄 수 있는 게 없기도 했다. 영화배우 허준호의 아버지인 희극 배우 고 허장강의 대사를 흉내 낸 "인천에 배만 들어오면……"은 약발이 다한 지 오래다.

생명을 들이는 건
이별을 준비하는 것

온유가 갔다. 온유는 열 살 된 흰색 단묘종 믹스 암고양이다. 우리와 함께 살다 딸내미가 독립하면서 데려갔는데 딸이 해외 지사 근무를 하게 돼 잠깐 '귀환'했었다. 그 후 두 달여 만에 딸의 남자 친구 집으로 보냈다. 두 사람 사이에서 가교 역할을 하길 기대하면서 떠나보냈다.

딸은 온유를 해외에 데려가고 싶어 했으나 항공사 측에서 고령이라 리스크가 있다고 해 포기했다. 딸은 그곳에서 현지 고양이를 입양했다. 9개월 후 귀국길에 이 녀석을 데려오면 늙은 온유가 이 젊은 것에 시달릴지도 모른다.

함께 살 때 딸은 온유를 안고 내게 와 "온유야, 아빠다." 하곤 했다. 그럼 나는 "너 같은 딸내미를 둔 일이 없네."라고 받았다. 나는 반려동물에게 거액의 병원비를 들일 생각이 없다. 아빠라고 해놓고 치료를 안 해줄 수는 없는 노릇이다.

한때 우리는 온유와 함께 시추종 반려견 시온이도 키웠다. 해외여행을 하게 돼 춘천 처제네 맡겼다가 아예 처제네 식구가 돼버렸다. 시온이가 그 집에서 더 행복해할 것 같아 우리가 양육권을 포기했다.

개와 고양이는 참 다른 동물이다. 온 가족의 해외여행 때 온유는 집에 두고 시온이만 처제네 맡긴 건 개는 식욕을 통제할 수 없기 때문이다. 믿거나 말거나, 개는 "나에게 먹을 것과 잠자리를 제공하는 주인이 위대하다."고 생각한다고 한다. 주인과도 밀당을 하는 고양이 버전은 이렇다.

"먹을 것과 잠자리를 집사 사람에게서 제공받는 나는 위대하다."

초등학교 3학년 때인 1967년 봄, 왕십리 전셋집으로 이사를 하면서 키우던 개를 데려왔다. 내 기억 속의 첫 반려견이다. 이사 온 지 얼마 안 돼 이 녀석이 홍역을 앓았다. 밤이면 신음을 해 주인집 할머니가 싫어했다. 어느 날 밤에 아버지가 이 개를 내다 버렸다. 이 일로 나는 아버지와 일주일 동안 말을 하지 않았다.

동물 보호 및 복지도 선진국인 스웨덴은 반려견 의료보험 가입률이 80%로 세계 최고 수준이라고 한다. 그래서 반려견이 중병에 걸려도 치료비 걱정을 하지 않는다. 생후 4개월 이전에 반드시 농림부에 ID 등록을 해야 해 유기견도 별로 없다고 한다. 6시간마다 산책을 시켜야 하고, 혼자 오래 두어서도 안 된다. 생후 8주까지는 어미와 떼어 놓을 수 없다.

아이들이 어렸을 때 작은 동물원에 데려갔었다. 다른 동물들처럼 대형견인 골든레트리버가 우리에 갇혀 있었다. 우리 속에 있는 개를 처음 본 아이들이 '동물 학대'라고 말했다. 주인과 떨어진 강아지를 길에서 발견해 파출소에 데려갔을 땐 경찰들이 난감해했다.

그 후 회사 선배가 자기 집에서 키우던 강아지를 데려다 키워보라고 했다. 윙키는 '지랄 견' 수준은 아니었지만 부산스런 강아지였다. 여름에 거실에 요를 깔면 신이 나 그 위에서 뛰어놀았다. 아내가 질색을 했다. 그러면 내가 악역이 되어 윙키를 쥐어박곤 했다. 윙키는 쥐어박히고도 손짓을 하면 내게 다시 다가왔다.

결국 윙키를 돌려보냈다. 아이들이 울고불고했지만 나는 냉정하게 물었다.

"엄마를 선택할래? 윙키를 선택할래?"

선배 집에 데려다주러 가는 길에 윙키는 뒷자리 차 시트에 오줌을 쌌다. 어린 것이 얼마나 불안했을까?

그 후 고슴도치를 키웠다. 숨진 새끼 고슴도치를 아들과 함께 집 앞 공원에 묻은 적도 있다. 생명을 집에 들인다는 건 이별을 준비하는 것이다. 파양이나 유기를 하지 않더라도, 반려동물이 나이 들면 사별을 각오해야 한다. 동물 유기는 무책임한 행동으로, 생명의 가치를 내면화해야 할 아이들에게도 좋지 않다. 유기된 개들은 동물 보호소를 거쳐 결국 안락사한다. 반려견은 유실할 수도 있다. 마당에서 키우는 개보다 아파트에서 인간과 동거하는 개가 더 행복하다고 한다. 마당 개는 유실 등을 우려해 묶어놓기 때문이다.

산책길에 아파트 단지에서 마주친, 반려견 셋을 키우는 이웃은 양육 노동을 힘들어했다. 전원주택은 잠깐 방문한 남의 전원주택이 좋듯이, 반려견도 어쩌면 남이 키우는 녀석이 나은 건지도 모른다.

아내는 다시 반려견을 키우고 싶어 한다. 지금은 반려식물로 만족하고 있다. 녹지가 많은 별내는 사실 반려견을 산책시키기에 좋은 동네다. 코로나19가 일깨웠듯이, 모든 생명은 다른 생명에게 반려 같은 존재인지도 모른다.

스웨덴 사람들은 반려견을 사람과 동일한 감각과 감정을 지닌 존재로 인식하고 존중한다고 한다. 반려동물이야말로 주인은 물론이고 '조국'을 잘 만나야 한다.

1970년대에 고착된 노래 취향

"그놈 살이 썩어 들어가 물도 따라 썩어 들어가
연못 속에선 아무것도 살 수 없게 되었죠.
깊은 산 오솔길 옆 자그마한 연못엔
지금은 더러운 물만 고이고
아무것도 살지 않죠."

김민기가 만들고 양희은이 부른 「작은 연못」의 노랫말 중 한 대목이다. 이 노래는 고교 시절 이래 10여 년간 나의 십팔번이었다. 김민기는 직접 가사도 썼고, 부르기도 했다. 어느 맑은 여름날 깊은 산 오솔길 옆 작은 연못에서 동거하던 붕어 두 마리가 무슨 일 때문인지 서로 싸웠다. 이윽고 한 마리가 물 위에 떠오른다. 정말 박 터지게 싸웠던 모양이다. 물고기 사체 탓에 물도 썩어 연못은 마침내 오염됐고, 싸움의 승자인 나머지 한 마리는 물론이고 결국 이 생태계는 아무도 살지 않는, 아니 살 수 없는 죽음의 못이 되어버린다. 서로 싸운 두 물고기는 남한과 북한을 상징한다는 이야기도 있다.

고교 시절 음악을 가르친 온규탁 선생은 저음의 바리톤이었다. 온 선생은 악기 연주하는 시험을 보게 했다. 대부분 배우기 쉬운 기타를 연주했고 나도 기타로 비교적 만만한(?) 슈베르트의 자장가를 연습해 연주했다. 들은 이야기이지만, 그 시절 누군가 김민기의 「작은 연못」을 연주했다고 한다. 클래식 곡을 연주하게 돼 있는 악기 연주 시험에서 이 노래를 골랐다는 건 대담한 모험이었다. 연주를 듣고 난 온 선생이 물었다고 한다.

"으음, 곡명이 무언고?"

"리틀 폰드입니다."

"으음……."

선생은 이 곡이 대중가요인 걸 몰랐던 듯싶다.

오래전 양희은과 인터뷰를 한 후 나는 기사에 이렇게 썼다.

-금지곡으로 묶였던 노래가 몇 곡이나 되나요?

"스물댓 곡 될 겁니다. 「늙은 군인의 노래」는 사단장이 선임하사 퇴임식 날에 부를 곡을 지으라고 해 김민기 씨가 만든 곡이에요. 군인들의 사기를 떨어뜨린다고 국방부 장관이 못 틀게 해 금지곡이 됐고, 그 바람에 같은 음반에 실은 「상록수」까지 1978년~84년 방송 금지곡으로 묶여 있었죠. 「이루어질 수 없는 사랑」은 '왜 사랑이 이루어질 수 없느냐', 이런 식이었어요. 울 수도 없고 웃을 수도 없고……, 작심하고 묶어두려는 의도가 있었던 것 같아요."

정치군인들에 대한 반감으로 군인들을 '삐딱하게' 봤던 나의 시각을 교정해 준 게 바로 「늙은 군인의 노래」였다.

"나 태어난 이 강산에 군인이 되어
꽃 피고 눈 내리기 어언 삼십 년
무엇을 하였느냐 무엇을 바라느냐
나 죽어 이 흙 속에 묻히면 그만이지
아 다시 못 올 흘러간 내 청춘
푸른 옷에 실려 간 꽃다운 이 내 청춘
아들아 내 딸들아 서러워 마라
너희들은 자랑스런 군인의 아들이다
좋은 옷 입고프냐 만난 것 먹고프냐

아서라 말어라 군인 아들 너로다”

이 노래를 듣고 부르며 나는 비로소 ‘(직업) 군인들도 민초구나.’ 하는 생각을 하게 됐다. 같은 시대를 살며 같은 노래를 보는 시각이 이렇게 달랐다. 양희은의 말대로 의도가 있었는지도 모르겠다.

나의 노래 취향은 1970년대 통기타 가수의 포크 음악에 고착돼 있다. 「하얀 손수건」, 「웨딩 케익」, 「모두가 사랑이에요」, 「내 마음의 보석상자」 등 트윈 폴리오와 해바라기 같은 남자 포크 듀엣이 부른 여성 취향의 고운 노래들을 좋아한다. 어쩌다 노래방에 가면 이런 노래를 즐겨 부른다. 기타는 못 치지만, 그럴 기회가 없어 아쉬울 뿐 기타 반주에 맞춰 그 시절 노래를 부르면서 놀 때 가장 즐겁다. 대학 시절 서클 활동을 하며 신촌 다락방에서 열린 엠티 때 밤새 「아침이슬」 같은 노래를 부르고 놀던 일이 어쩌다 소환하는 그 시절의 소중한 추억이다. 양희은의 「네 꿈을 펼쳐라」는 우리 클럽 아람 3기의 ‘럽가’였다. 라디오 CM에 삽입된 이 노래가 들려오면 치기 넘치고 불안정했던 그 시절이 떠오른다. 밤새 노래를 부르다 보면 CM 송에 동요도 불렀다. 나는 잔디밭에 둘러앉아 기타 좀 치는 친구들의 반주에 맞춰 마음껏 노래를 부르고 싶은 욕구 내지는 욕구 불만이 있다. 기회가 오면 3도 높여 제대로 화음을 넣으리라.

중학생 때 기타를 장만하고도 제대로 못 배운 건 내가 '광장형 인간'이기 때문이다. 인간은 광장과 밀실을 오가며 살아가게 마련이다. 악기를 제대로 익히려면 밀실의 시간이 길어야 한다. 한 인간으로서의 성장은 주로 밀실에서 이뤄진다. 글쟁이는 물론이고 분야를 막론하고 내공의 원천인 독서도 밀실에서 하는 활동이다. 구자홍 전 동양그룹 부회장은 은퇴 후 기타를 배웠다. 나도 언젠가 기타를 메고 노래 부를 날을 꿈꾼다.

교회 찬양대를 꾸준히 한 덕인지 나는 목소리가 젊다는 소리를 더러 듣는다. 윗몸일으키기를 꾸준히 하다 보니 호흡이 길어지고 소리는 기름져졌다. 오드리 헵번, 엘리자베스 테일러, 잉그리드 버그만, 카트린 드뇌브, 메릴 스트립의 더빙을 전담하다시피 한 성우 장유진은 해방둥이로 올해 76세이다. 그는 FM 라디오에서 67세까지 〈장유진의 음악편지〉라는 프로그램의 디제이를 했다. 어쩌다 그의 방송을 들으면 경탄이 나왔다. 미인에 음성도 빼어났던 리즈 테일러를 목소리로 연기할 때는 공복으로 더빙을 하려 노력했다고 한다. 나도 장유진처럼 오래도록 탄력 있는 목소리를 유지하고 싶다.

연가곡 〈겨울 나그네〉를 작곡한 슈베르트는 기타에 의지해, 머릿속으로는 피아노 소리를 떠올리면서 작곡을 했다고 한다. 피아노를 들여놓을 형편이 못 됐기 때문이다. 그는 주린 배를 움켜쥐고 아픈 몸을 누이며 외로움에 다음 날 깨어나지 않기를 기도했다고 전해진다. 평생 단 한 번도 여인의 사랑을 얻지 못한 이 위대한 음악가는 아이러니하게도 성병에 걸려 몸이 망가져 있었다. 친구들을 만나면 첫 마디가 "배가 고프다네."였던 궁핍한 천재는 예술 가곡으로 이름을 알려 비로소 피아노를 장만할 수 있게 됐을 때 눈을 감았다.

"나는 이방인으로 왔다가 다시 이방인으로 떠나네."(〈겨울 나그네〉 첫 곡 「안녕히」의 첫 소절)

나는 운전을 할 때 주로 클래식 FM을 듣는다. 광고를 하지 않아서이기도 하다. 나이가 들면 트로트가 좋아진다는데 나는 즐기지 않는다. 국악도 좋은 줄 모르겠다. 그래서 클래식 FM이 국악 프로그램을 하는 시간이면 다이얼을 돌린다.

몇 년 전 아내와 우리 교회에서 하는 친밀한부부학교의 스태프를 맡았을 때 바리톤 김동규 덕에 국민 가곡이 된 「10월의 어느 멋진 날에」를 부르는 약식 플래시몹을 전 스태프와 함께 시도한 일이 있다. 부부학교 수료식 날이었다.

"눈을 뜨기 힘든 가을보다 높은 저 하늘이 기분 좋아.
휴일 아침이면 나를 깨운 전화,
오늘은 어디서 무얼 할까.

창밖에 앉은 바람 한 점에도 사랑은 가득한 걸.

널 만난 세상 더는 소원 없어.

바람은 죄가 될 테니까."

결혼식 축가로 가장 많이 불린다는 이 노래는 본래 봄을 찬양하는 곡이다. 이탈리아 라스칼라 극장 주역 출신인 김동규는 라디오 PD에게서 우리말 노래를 만들어보자는 제의를 받고 봄처럼 밝은 가을 노래가 좋겠다고 화답했다고 한다. 두 사람이 이렇게 의기투합한 덕에 뉴 에이지 그룹인 시크릿가든의 「봄을 향한 세레나데」는 「10월의 어느 멋진 날에」로 옷을 갈아입었다. 『남자의 클래식-음악을 아는 남자, 외롭지 않다』를 펴낸 바리톤 안우성은 이 에피소드를 책에서 소개한 후 "음악은 해석의 문제다."라고 썼다.

나는 인생도 해석이라고 생각한다. 저마다 중심 잡고 나름대로 살아갈 뿐이다. 어차피 인생에 정답이란 없다. 그러니 정답을 찾고 정답대로 살려 애쓰는 건 '파랑새'를 찾는 것만큼이나 부질없는 일이다. 모리스 마테를링크의 이 동화극에 등장하는 어린 남매는 성탄 전야에 파랑새를 찾아 헤매는 꿈을 꾸다 깨어나 자신들이 기르던 비둘기가 바로 파랑새였음을 깨닫는다. 행복은 이처럼 가까이에 있다는 것이다. 인생의 해답도 그리

멀리 있지 않다. 그저 내가 제대로 사는 걸까 자문하면서 나름의 답안, 어쩌면 대안을 찾을 뿐이다. 그래서 필요한 것은 스스로 성찰하고 질문하는 능력이다.

그렇다고 오답이 없는 건 아니다. 인생 오답의 본보기들은 교도소에 있다. 대표적으로 대통령을 지내고도 감옥에 간 사람들이다. 학교 다닐 때 정답을 잘 맞혔다고 인생 답안을 제대로 작성하는 것도 아니다. 대한민국 최고의 학벌인 서울 법대 출신 중엔 감옥 간 사람도 많다. 단일 학과 출신으로는 열 손가락 안에 꼽히지 않을까?

넥타이 부대가
태극기 부대로 전락해서야

"흰 수염의 노인은 수줍게 말했다. 이 나무가 자라 시원한 그늘을 만들어주면 그 아래에 목침을 베고 누워 한숨 푹 자고 싶다고. 바람이 지날 때마다 잎사귀들이 몸을 비비며 내는 소리를 들으면서. 동네 노인 중에서도 가장 연배가 높았던 그는 고향 마을에 어린 느티나무를 심는 일에 앞장섰다. 번개를 맞아 몸통 일부가 떨어져 나간 후 방치됐던 커다란 고사목을 뿌리째 뽑아낸 자리였다.

막 심은 느티나무를 쓰다듬는 노인의 눈빛은 꿈이라도 꾸듯 빛났다. 나무를 심은 지 일 년도 지나지 않아 노인은 세상을 떠났다. 그러나 나무 심던 날 본 노인의 눈빛은 내 마음에 박혔다. 이따금 그 눈빛에 발이 걸려 휘청거리곤 했다. 세월이 흐르면서 그 눈빛이 누군가의 눈빛, 그러니까 꿈이 뭐냐고 내가 물었을 때 아이들의 눈동자에 떠오르던 빛과 다르지 않음을 알게 됐다. 꿈을 꾸는 노인이라니.

성장이 더뎠던 느티나무는 언제부턴가 짙은 그늘을 드리울 수 있게 됐다. 그 아래서 목침을 베고 잠든 사람도 봤다. 그제야 나는 흰 수염 노인의 꿈이 그의 죽음과 더불어 사라져버린 게 아님을 알게 됐다.

아무도 꿈이 뭐냐고 노인에게 묻지 않는다. 꿈꿀 수 없는 존재로 치부하고, 꿈을 꾸는 노인에게 사람들은 헛된 꿈을 꾼다고 조롱하기까지 한다. 꿈을 꾸는 노인이 있다면 그 노인이야말로 우리의 통념과 상식을 뛰어넘어 우리가 안전하고 평온하다고 믿는 일상에 균열을 일으키는 존재인 셈이다. 꿈을 꾸는 노인은 불온하다. 그들이 꾸는 불온한 꿈은 이 세계를 지금보다 조금 더 나은 세계로 바꾸고 싶다는 열망이다. 꿈꾸는 노인은 자신만을 위한 꿈을 꾸지 않는다. 노인의 꿈은 다음 세대를 위한 꿈이다."(손홍규 소설가, '꿈꾸는 노인')

젊은 날의 나는 '이런 말도 안 되는 세상을 바꿔놓아야 한다.'고 생각했다. 이제는 '세상을 바꾸려면 내가 바뀌어야 한다.'는 생각을 한다. 오늘 나의 동선이 달라질 때 세상 풍경도 달라질 것이다.

좋은 세상을 만들고 싶었다. 그러기 위해선 나 스스로 좋은 사람이 되는 게 지름길임을 이제 안다. 내일 지구의 종말이 오더라도 오늘 한 그루의 사과나무를 심는 건 꿈은 그 자체만으로도 소중하기 때문일 것이다. 마을의 최연장자가 흰 수염을 휘날리며 아이들과 느티나무를 심은 건 누군가 쉬어 갈 그늘이 반드시 생기리라는 꿈을 꾸었기 때문일 터이다.

미국의 흑인 해방 운동 지도자 마틴 루서 킹 목사는 노예 해방 100주년을 기념해 워싱턴에서 열린 평화 대행진에서 "나에게는 꿈이 있습니다(I have a dream)."라고 연설을 했다. 당시 그의 나이는 서른넷이었다. 역대 최연소 노벨 평화상 수상자인 그는 5년 후 과격파 백인 단체 소속의 제임스 얼 레이가 쏜 총에 맞아 세상을 떠났다.

"나에게는 꿈이 있습니다. (삭막한 사막으로 뒤덮인 채 불의와 억압의 열기에 신음하던 미시시피 주조차도) 자유와 정의가 실현되는 (오아시스로 탈바꿈되리라는) 꿈입니다.

나에게는 꿈이 있습니다. 나의 네 자식이 피부색이 아니라 인격에 따라 평가받는 나라에서 살게 되는 날이 언젠가 오리라는 꿈입니다."

차별과 배제의 뿌리는 편견이다. 우리는 우리보다 피부색이 짙으면 못살고 옅으면 잘산다는 지독한 편견에 사로잡혀 있다. 박노자 노르웨이 오슬로대 교수는 한국에서 여성의 지위가 낮은 건 근대화를 보수적 기득권층이 주도했기 때문이라고 주장한다. 이들이 이루려던 건 인간 해방이라기보다 부국강병이었고, 이런 노선을 따를 때 양성평등과 대외적 개방성은 무시될 수밖에 없다고 말한다. 성장주의 정책은 현대판 부국강병책일 뿐이다. 유신 세대인 나는 어떤 편견에 빠져 있나? 1987년 6월 항쟁 때 거리를 누빈 넥타이 부대가 태극기 부대로 전락해서야 되겠는가?

어쩌다 예순네 살이 됐다. 유명 작가 조지 버나드 쇼의 묘비명을 패러디하면, 나이 들면 내 이런 일 생길 줄 알았다. 내가 가르치는 기자 지망생들에게 나는 "예술은 길고 인생은 짧다지만, 인생도 만만치 않게 길다."고 말한다. 조급해하지 말고 긴 승부를 하라고 한다.

"베이비 붐 세대는 100~120세를 자기 수명의 디폴트값으로 설정해야 한다."고 김용태 김용태마케팅연구소장은 주장한다. 60대면 비로소 반환점을 돈 셈이다. 올해 102세인 김형석 연세대 명예 교수는 인생의 황금기는 60~75세라고 말했다. 60은 내가 나를 믿을 수 있는 나이라고 덧붙였다. 나를 믿어야 행복하다고 부추겼다.

이 믿음이 지나치면 '진보 아재'나 '보수 노땅'이 되기 십상이다. 최종렬 계명대 교수는 "둘 다 청년을 가르치려 드는데, 진보 아재의 설교는 거짓 위선으로 비치고 보수 노땅의 훈시는 아예 헛소리로 들린다."고 칼럼에 썼다.

1막 무대에선 내려왔지만 진보적 노인으로서 꿈은 꿀 수 있다. 손주들이 살아갈 세상을 위한 꿈. "우리 손주 손목 잡고 금강산 구경"은 못할망정 양극화된 세상을 직시하고 기득권적 사고와 행동을 멈출 수는 있다. 내 안의 편견과 선입견을 성찰하고, 넥타이 부대 출신으로서 군부 쿠데타에 반대하는 미얀마 시민들과 연대할 수도 있다.

"카르페 디엠Carpe diem!" 이 순간에 충실하려면 지금 여기에 집중해야 한다.

"메멘토 모리Memento mori!" 유한한 존재로서 인간은, 아니 나도 언젠가 반드시 죽는다는 사실을 기억하면서.

에필로그

포기할 수 없는 가치

구순을 바라보는 아버지가 얼마 전 아침을 직접 준비해 혼자 드시겠다고 아내에게 말했다. 그 덕에 나는 아침 당번 일과를 덜었다. 아내는 아침을 먹지 않는다.

아침이면 아버지는 며느리가 만들어놓은 빵을 토스터로 굽고, 달걀 삶는 기구로 달걀을 삶으신다. 아들과 며느리 몫까지 세 개를 삶는다. 그동안 내가 믹스 커피를 타 드렸는데, 요즘은 며느리가 가르쳐준 대로 원두커피를 내려 드시기도 한다. 선택지가 늘어난 셈이다. 아내는 "언제든 아침 준비를 그만두셔도 좋다."고 말씀드렸다.

어느 날 아버지는 이렇게 손수 아침 준비를 하는 게 기쁘다고 하셨다. 당신이 원해서 시작한 일이지만 사실 나는 반신반의했었다. 6년째 함께 살지만 주방에서 소외돼 내 집 같지 않으셨던 듯하다. 아내는 이 작은 변화로 아버지가 자기 효능감을 느끼시는 듯하다고 말했다.

아버지와 나는 둘 다 은퇴 세대이다. 닮은 듯 다른 노령의 아버지에게서 나는 양가감정을 느낀다. 이과 성향인 아버지는 숫자로 표현하는 걸 즐기시지만 나는 숫자를 싫어하는 전형적인 문과다. 무엇보다 6.25전쟁 참전 용사로 반공 보수인 아버지와 기자로 정년퇴직한 나는 정치색이 다르다.

『쇠퇴하는 아저씨 사회의 처방전』을 쓴 야마구치 슈는 현재의 50대, 60대 아저씨는 '달콤한 이야기', 즉 좋은 학교를 졸업해 대기업에 취직하면 평생 부유하고 행복하게 살 수 있다는 믿음을 상실하기 전에 사회 적응을 마친 '최후의 세대'라고 말한다. 우리 부자는 부모 세대보다는 잘살았다는 공통점이 있다.

메아리처럼 베이비 부머의 출산 붐에 반향했다는 이른바 에코 세대인 우리 자식들은 그러나 6.25전쟁 이래 최초로 부모보다 가난하게 살 것이 예고된 세대다. 비범한 스펙을 쌓아 평범한 직장인 되는 게 꿈인 세대. '진보적 노인'은 그 원인과 책임에 대해 성찰하고 이 흐름을 되돌리려는 사람들이라고 할 수 있다. 나아가 좋은 세상을 만들려는 노력과 시도를 포기하지 않는 사람들이다.

무엇보다 진보적 노인은 시대정신에 대해 고민하는 사람들이다. 포스트 코로나 시대의 시대정신은 무엇일까? 약자에 대한 배려와 공동체적 연대 아닐까? 배려와 연대야말로 진보주의자들이 포기할 수 없는 가치다.

진
보
적
노
인

초판 1쇄 발행 2021년 4월 10일

지은이 이필재
펴낸이 안지선

디자인 석윤이
교정 신정진
마케팅 최지연 이유리 홍윤정
제작 투자 타인의취향
제작처 상식문화

펴낸곳 (주)몽스북
출판등록 2018년 10월 22일 제2018-000212호
주소 서울시 강남구 학동로9길13 201
이메일 monsbook33@gmail.com
전화 070-8881-1741
팩스 02-6919-9058

ISBN 979-11-91401-02-8 (03810)

mons (주)몽스북은 생활 철학, 미식, 환경, 디자인, 리빙 등 일상의 의미와 라이프스타일의 가치를 담은 창작물을 소개합니다.